DU MÊME AUTEUR

Biographies

MONSIEUR DASSAULT, *Balland*, 1983.

GASTON GALLIMARD, *Balland*, 1984 *(Points-Seuil)*.

UNE ÉMINENCE GRISE, JEAN JARDIN, *Balland*, 1986 (repris en « Folio », *n° 1921*).

L'HOMME DE L'ART, D.H. KAHNWEILER, *Balland*, 1987 (repris en « Folio », *n° 2018*).

ALBERT LONDRES, VIE ET MORT D'UN GRAND REPORTER, *Balland*, 1989 (repris en « Folio », *n° 2143*).

SIMENON, *Julliard*, 1992 (repris en « Folio », *n° 2797*).

HERGÉ, *Plon*, 1996 (repris en « Folio », *n° 3064*).

LE DERNIER DES CAMONDO, *Gallimard*, 1997.

Récit

LE FLEUVE COMBELLE, *Calmann-Lévy*, 1997.

Entretiens

LE FLÂNEUR DE LA RIVE GAUCHE, avec Antoine Blondin, *François Bourin*, 1988.

SINGULIÈREMENT LIBRE, avec Raoul Girardet, *Perrin*, 1990.

Enquêtes

DE NOS ENVOYÉS SPÉCIAUX, avec Philippe Dampenon, *J.-C. Simoën*, 1977.

LOURDES, HISTOIRES D'EAU, *Alain Moreau*, 1980.

LES NOUVEAUX CONVERTIS, *Albin Michel*, 1982 (repris en « Folio actuel », *n° 30*).

L'ÉPURATION DES INTELLECTUELS, *Complexe*, 1985. Réédition augmentée, 1990.

GERMINAL, L'AVENTURE D'UN FILM, *Fayard*, 1993.

LA CLIENTE

PIERRE ASSOULINE

LA CLIENTE

roman

nrf

GALLIMARD

À Meryl et Kate,
mes premières lectrices,
les plus précieuses.

We shall not cease from exploration
And the end of all our exploring
Will be to arrive where we started
And know the place for the first time.

T.S. Eliot, *Little Gidding,* 1942.

Nous continuerons à explorer sans trêve
Et le terme de toutes nos explorations
Sera d'arriver à notre point de départ
Et de le connaître pour la toute première fois.

1

On n'en finira jamais avec cette histoire. Elle nous hante, elle nous obsède, impossible de nous en débarrasser. Plus d'un demi-siècle que la méduse nous colle à la peau. Quand certains meurent de leurs mœurs, d'autres étouffent encore de ce passé qui ne passe pas. Après tout, à chacun ses insomnies. Les plus à plaindre ont la nostalgie de ce qu'ils n'ont même pas connu. Cet étrange spectre est l'astre noir de notre morale. Qui saura l'exorciser ? Qui...

J'en étais là de mon délire quand la voix hésitante du haut-parleur interrompit la course de la plume sur le papier. La bibliothèque allait fermer. Je relevai la tête, comme hébété.

Les lecteurs alentour ne semblaient pas tellement plus frais que moi. De quelle émeute médiévale pouvaient-ils bien émerger ? Une chronique d'une infinie brutalité se lisait dans leur regard. Manifestement, on s'était beaucoup battu ce jour-là chez eux. En tout cas plus que chez moi. Pour savoir ce que cherche un chercheur, il vaut mieux interroger son visage qu'épier par-dessus son épaule. J'en observai quelques-uns un instant. Leur contemplation m'inspira le mot de la fin : rendez-vous, les yeux, vous êtes cernés !

Ce n'était rien du tout, juste un instant d'abandon, ce léger grain de folie qui rend moins pesante la solitude du biographe de fond. En traçant ces lettres sur mon cahier, j'éprouvai la douce volupté d'écrire n'importe quoi, pour rien, pour le plaisir, sans nécessité aucune, sans même songer à l'effet. Grâce à ce geste gratuit, un peu de fantaisie s'insinuait dans la rigueur de mes travaux.

Le dernier carré d'irréductibles s'arrachait à ses cartulaires et in-folio sous la pression courtoise mais insistante de gardiens au regard oblique. Les uns et les autres n'eussent pas abandonné un enfant avec plus de regret.

Le début des grandes vacances avait allégé Paris. Je m'imaginais en suspens. Pour l'avoir déjà éprouvé, je savais que je vivrais les semaines à venir dans une sorte d'état d'apesanteur à travers une ville entre parenthèses. Dans ces moments-là, je me reprochais cette fâcheuse tendance qui me faisait considérer la société moderne comme une immense conspiration contre la vie intérieure.

Dehors, il faisait presque beau. Le peu de nature qui subsistait dans la capitale réduisait la fuite du temps à une pure vue de l'esprit. J'avais le sentiment rare d'être immunisé contre la vulgarité de l'époque.

Dans l'autobus, la vanité de l'homo telefonicus ne m'atteignait même plus, ni moi, ni les autres lecteurs, mes frères. Au fond du véhicule, je reconnus quelques silhouettes voûtées et titubantes, ivres de livres, desquelles se dégageait l'expression d'un bonheur abruti. Comme tous les rescapés de ce samedi studieux, ils étaient encore ailleurs, là-bas, dans leur monde, incapables de se soustraire à la conversation des siècles.

Ce jour-là plus que tous les autres jours, on n'aurait pas compris pourquoi tant de nos contemporains annonçaient une fin d'époque si mélancolique. C'était l'été et tout paraissait possible à nouveau. Paris redevenait aimable, ses habitants aussi, il n'en fallait guère plus pour se croire touché par la grâce.

Je n'aurais jamais cru que la vie de Désiré Simon me mettrait dans un tel état. La masse de ses écrits ne laissait pas de m'impressionner. Je m'étais lancé à l'assaut de cette cathédrale de prose avec une certaine allégresse. Seize mois après, elle était intacte. Mais à l'instant de me jeter dans ses années de guerre, quelque chose d'autre était en jeu qui m'échappait encore. Un de ces infimes détails qui ne paient pas de mine mais peuvent bouleverser une vie.

À force de tourner autour de ma victime, je pensais que je démonterais ses mécanismes d'écriture.

Que je mettrais à nu son génie créateur. Et que je finirais bien par entrevoir son secret puisqu'il est dit que tout écrivain écrit par rapport à son secret. Peut-être même parviendrais-je à l'effleurer du doigt.

Bercé de toutes ces illusions, je ne m'aperçus même pas que je me rendais, insouciant, dans cette région obscure de l'âme où le Mal absolu exerce un règne sans partage.

Désiré Simon n'avait jamais cessé de mentir, en romancier pratiquant le mensonge qui dit la vérité non comme un noble art mais comme seul et ultime moyen de conserver un équilibre relatif. C'était devenu une question de vie ou de mort. Il ne passait pas par le filtre de la connaissance ou de la réflexion mais s'attaquait directement au nerf. Dès les premières pages de ses romans, il savait appuyer là où ça fait mal. En cela, le démontage de sa vie et la dissection de ses textes étaient un exercice des plus fascinants. Une fois admis dans la fabrique, je ne trouvai rien de plus excitant que d'observer le faux-monnayeur à l'œuvre. Je ne le louerais jamais assez de m'avoir laissé être si biographe dans son ombre, dussé-je y perdre mon âme.

Si je savais que sa guerre me poserait quelque problème, je n'en devinais pas la nature. Je craignais de découvrir un cadavre dans le placard. Mais jamais je n'aurais imaginé que ce pouvait être dans un autre placard que le sien.

Pas vraiment enclin à collaborer avec qui que ce fût, pas très résistant non plus, Désiré Simon avait été simoniste avant tout. Il s'était parfaitement accommodé de l'air du temps, en épousant les moindres contours avec une habileté suspecte. On l'avait vu frayer avec tous les milieux sans en fréquenter aucun. Sa capacité à toujours tirer son épingle du jeu forçait l'admiration. Le fait est qu'en pleine pénurie de papier il y en avait toujours pour imprimer ses livres à gros tirage. Même les gens de pellicule lui tressaient des lauriers puisque, sous la botte allemande, il avait été l'auteur le plus souvent porté à l'écran. Sa réputation d'opportuniste n'était plus à faire. Tant et si bien qu'au lendemain de la guerre, bien qu'il ne fût pas formellement accusé, il n'avait eu de cesse de se dédouaner.

En relisant ses Mémoires, j'avais été particulièrement frappé par un passage. Il y évoquait la menace qui avait pesé sur lui et les siens pendant quelques semaines en 1941. À la suite d'une dénonciation, un inspecteur de la police aux questions juives s'était présenté à son domicile. Malgré la qualité de son client et son statut de grand écrivain, le fonctionnaire, nullement embarrassé par sa démarche, était plutôt arrogant et sûr de lui.

Simon, on a été prévenus, on a un dossier sur vous, vous êtes juif, n'est-ce pas ? L'écrivain se récriait, si c'est une plaisanterie, elle est de mauvais goût, depuis des générations... Mais le flic ne s'en laissait pas conter, il insistait, balayait ses récriminations avec mépris, on verra ça plus tard, en attendant votre nom est juif, Simon, Shimon, Chalom, tout ça c'est pareil, on repassera bientôt, mais sachez que nous restons vigilants.

Désiré Simon n'en revenait pas : on lui demandait de prouver non ce qu'il était mais ce qu'il n'était pas. Plus il cherchait la porte de sortie, plus il s'enfonçait dans un labyrinthe. Tout cela lui paraissait absurde. Il devait faire la preuve que ni lui, ni ses parents, ni ses grands-parents n'étaient israélites. Il avait quinze jours pour apporter les papiers nécessaires. Deux semaines à peine pour écumer les mairies et les évêchés du Nord en quête d'actes d'état civil et de certificats de baptême. Trois cent soixante heures d'angoisse.

Il faisait partie de cette rare catégorie d'individus qui sont nés sous le signe de l'excès. Seule son écriture envisageait la nuance dans le moindre de ses replis. À croire que son génie s'était entièrement réfugié dans cet art de miniaturiste. Je l'avais si souvent surpris en flagrant délit d'exagération que, cette fois encore, j'étais persuadé qu'il en rajoutait. Jusqu'au jour où ma conviction vacilla.

À force de le lire tant dans ses romans et nouvelles que dans sa correspondance privée, je ne savais plus. Je flottais dans un épais brouillard, incapable de faire la part de la fiction et celle de la réalité, écartelé entre une exigence officielle d'exactitude et une secrète attirance pour la vérité. Après tout, il aurait très bien pu être d'origine juive. Peut-être même avait-il vraiment risqué sa vie sous l'Occupation. Sa réussite avait exacerbé suffisamment de jalousies, de rancœurs et de haines recuites pour qu'il devienne la cible des délateurs.

Tout devenait possible dès lors qu'on se laissait gagner par l'incertitude. Je tenais cette leçon de lui, vie et œuvre mêlées. J'écrivais une biographie, pas un roman. Mais c'était la biographie d'un romancier. Il avait le génie d'instiller le doute en toutes choses. J'en étais la victime. À cause de lui, je me retrouvais dans une zone grise où les frontières s'estompaient.

Sa part d'ombre me troublait au-delà du raisonnable. Plus j'avançais sur son territoire, plus je m'enfonçais dans un monde déconcertant. Il s'annonçait comme un univers de ténèbres. Les silhouettes que j'y croisais n'étaient plus que des sculptures de sable.

Seules les Archives pouvaient me fournir ce que j'espérais. Plus qu'une simple réponse, un verdict sans appel. Car je m'étais tellement focalisé sur ce détail de sa vie qu'il avait désormais valeur de test. Ça n'était pas très astucieux, ni sur le plan littéraire ni sur le plan historique, mais c'était plus fort que moi, je n'en dormais plus.

Avait-il menti ? Il fallait que je sache. C'était devenu une idée fixe.

En abandonnant la bibliothèque pour les Archives, les livres pour les liasses et les rayons pour les cartons, j'avais le sentiment d'évoluer à rebours de l'histoire. Je passais de l'imprimé à l'incunable, je changeais d'ère, mais j'étais plus que jamais obsédé par l'antienne d'un de mes maîtres : les archives sont le sel de la recherche. Parfois, il ajoutait avec une moue de mépris : le reste n'est que compilation.

Pour autant, je n'avais pas la religion des archives. Si fascinantes qu'elles fussent encore à chaque manipulation, j'avais appris à m'en méfier. À ne pas les prendre pour argent comptant mais à les critiquer et les bousculer. Mon vieux maître disait aussi que la vérité se trouvait là et nulle part ailleurs et ça, je ne parvenais pas à l'oublier.

Le jour où je me retrouvai enfin dans la grande salle de consultation, je n'avais que cette pensée à l'esprit. Affalé sur ma chaise, comme écrasé par la tâche qui m'attendait, effrayé par la mission que je m'étais assignée, je rejetai la tête en arrière et fixai les nuages à travers la verrière zénithale. Je me disais que la réponse à ma question se trouvait enfouie quelque part dans l'un de ces millions de documents poussiéreux et que lui et moi, nous finirions par nous rencontrer.

Trois mille kilomètres d'archives publiques en France. Quelques millimètres m'en étaient destinés. Mais lesquels ? Et où ?

Il suffisait de chercher.

L'épluchage en règle des inventaires de l'Occupation constitua un test. Après avoir passé deux jours à analyser, je me sentis prêt. Quand j'eus mis la main sur ceux de la mythique série QJ 28, je crus m'élancer, dans l'esprit du marathonien. En réalité, j'étais plutôt dans la peau du skieur à l'assaut du glacier de la plaine morte. Qu'importe, cendrée noire au tracé millimétré ou grand blanc des neiges éternelles, la solitude est la même. Et au bout de l'effort, sur l'arête du précipice, à la limite d'une perspective sans retour à laquelle on met toute une vie à résister, le vertige est identique.

QJ 28, c'était la guerre. J'avais souvent entendu des historiens de la période citer cette cote d'un air entendu. Quand j'en trouvai le catalogue, je crus naïvement avoir mis la main sur un Eldorado. C'en était un mais il se révélait impraticable. Après bien des sondages et des tentatives infructueuses dans des centaines de cartons, j'isolai enfin plusieurs sous-séries qui me paraissaient prometteuses.

Le conservateur de service était formel :

« Vous avez besoin d'une dérogation.

— On ne peut pas faire une petite exception ? »

Il sourit, haussa les sourcils tout en secouant la tête :

« Vous plaisantez... Envoyez une demande officielle, elle sera transmise à l'autorité de tutelle et vous aurez une réponse. »

Je me retrouvais coincé. L'attente développa ma paranoïa latente. Mon dossier devait poser problème. Il est vrai que les cartons demandés contenaient aussi des rapports de police, des dossiers des renseignements généraux, des listes confidentielles. Toutes choses qui ne devaient être ouvertes à la libre consultation avant longtemps, quand tout le monde serait mort, tous ceux qui pouvaient être concernés par des révélations gênantes. J'avais beau expliquer que je ne voulais de mal à personne, que j'entendais juste vérifier si Désiré Simon avait vraiment été dénoncé, cela ne suffisait pas. J'en devenais malade. Je remuai ciel et terre. Je fis même intervenir quelques relations bien placées alors que le procédé m'avait toujours répugné. C'est délicat, prenez patience, on vous écrira...

On m'écrivit. Au courrier du matin, je reçus une lettre à en-tête du ministère de la Culture. Le ministre m'autorisait enfin. Il me faisait confiance sur la foi de mes précédents travaux et de ma réputation. Il m'accordait son agrément sous condition. Je n'avais pas le droit de photocopier ni de photographier quoi que ce soit. Je n'avais pas le droit de reproduire le moindre texte. Je n'avais que le droit de lire et de me taire. De plus, je devais m'engager par écrit à ne publier ni communiquer aucune information susceptible de porter atteinte à la sûreté de l'État, à la Défense nationale ou à la vie privée des personnes. Je me sentis soudainement investi d'un pouvoir de nuisance aux effets insoupçonnables. J'étais un danger public. On me remettait une bombe dans une main et un détonateur dans l'autre en me faisant jurer de ne jamais les mettre en rapport.

Je signai sans même réfléchir. Pour savoir, j'aurais signé n'importe quoi.

C'est alors que je lus enfin. Des journées entières dans les liasses. La nuit, il m'arrivait de me réveiller en sursaut, m'étranglant à la pensée de régurgiter du papier moisi, pleurant à l'idée que la poussière s'incrustait dans mon iris. Pourtant le système des archives m'était familier. Je les avais déjà maintes fois fréquentées. Mais c'était autre chose. L'administration de la guerre, la comptabilité de la haine, la bureaucratie du mal, tout cela me projetait dans un univers glauque. Moi qui croyais tranquillement vaquer à mon Occupation, j'étais happé par un courant dont j'ignorais tout sauf la puissance souterraine.

J'errais dans l'inconnu à la recherche de repères éblouissants. Or tout était de plus en plus noir. Au lieu de me désespérer, cela me fascinait davantage encore. Une force tellurique m'attirait vers le fond de cet océan et je ne tentais rien pour y résister. La séduction de l'aimant ajoutait au vertige des profondeurs.

Cet envoûtement était par nature prometteur mais il avait une face cachée. Je me maudissais de m'être laissé prendre dans les rets de cette période maudite. Les années noires menaçaient de déteindre sur moi. Mes amis me reprochaient d'être de plus en plus sombre, mais qui aurait pu comprendre que je prenais la couleur de l'histoire ? Personne.

Un jour, dans les toilettes des Archives, je me suis dévisagé dans la glace. D'abord je n'y ai pas cru. J'ai incriminé la décoration intérieure. Elle se voulait moderne, elle n'était que sinistre. Le mobilier était du marbre dont on fait les tombes, l'éclairage assorti. Cela n'expliquait pas tout.

Je me suis regardé à nouveau. Le teint cireux, la mine blafarde, les traits marqués, j'avais une tête d'halluciné. À force d'inhaler les remugles de l'Occupation, je portais le masque d'un traître de comédie. Je me faisais honte à voir. Je me dégoûtais mais c'était plus fort que moi. Il me fallait continuer car je devais savoir si Désiré Simon avait menti. C'était devenu un impératif auquel tout était subordonné.

J'avais moins le sentiment d'éplucher des dossiers que d'éviscérer une bête trop longtemps conservée en état de congélation. Elle était un monde à elle seule. Je me transformais au fur et à mesure que j'en examinais l'écorché sur la table d'anatomie. Je sondais les liasses au scalpel, effaré de constater que nul ne les avait jamais ouvertes auparavant. Rien n'est fascinant comme d'avancer en *terra incognita*. L'ivresse est telle qu'on n'imagine pas un seul instant qu'il puisse ne rien y avoir au bout. Si on l'imagine, on est guetté par la folie. Le goût de la recherche est inséparable du vertige qu'elle suscite.

Je venais à peine d'entrer dans cette histoire comme un archéologue dans une ancienne décharge publique, et je me retrouvais déjà tel un spéléologue se cognant aux parois d'une caverne pleine de rats. Quand ma lampe torche s'attardait sur un mur, elle n'y révélait pas de gracieux bouquetins au corps mangé par une draperie de calcite, mais les traces d'ongles ensanglantés de ceux de la maison des morts.

Cette littérature n'avait rien d'exemplaire. Mais, contre toute attente, tout n'y était pas laid. Elle était à l'image de la France. Le pire y côtoyait le meilleur, et des injustes les Justes. Le pire, c'était ce copropriétaire qui dénonçait à la police sa concierge assermentée parce qu'elle avait refusé de dénoncer les clandestins cachés dans les combles de l'immeuble. Le meilleur, c'était cette vieille dame qui morigénait le Commissaire, lui reprochant l'indignité de sa fonction et l'iniquité de ses méthodes, pour ne rien dire de l'esprit même de son action, qu'elle jugeait scandaleusement antichrétien et antifrançais. Suivaient son nom et son adresse.

Entre ces deux extrêmes, entre l'abjection de conscience et le supplément d'âme, on trouvait le registre complet des accommodements, compromis et reniements dont la Révolution nationale entendait faire des vertus bien françaises. Toute la gamme des délateurs s'y exprimait en majesté ou en catimini. Celui qui est fier de servir son pays et celui qui balance avec l'air de ne pas y toucher. Celui qui n'ose pas et le fait quand même et celui qui trouve le gouvernement encore trop timoré sur la question. Celui qui se sent naître une vocation d'auxiliaire de police et celui qui est encore disponible si on a besoin de lui. Celui qui est prêt à consigner son acte sur un livre d'or et celui qui préférerait qu'on l'oublie, sait-on jamais.

Certains écrivaient tant de lettres, avec une telle ferveur, que cela relevait de l'épistolat. Tous n'étaient pas des anonymes. Souvent il y avait une signature complète. Ou alors « Un groupe d'hommes et de femmes ».

Après des semaines passées à fréquenter cette triste humanité, ma capacité d'indignation demeurait intacte quand je lisais sur l'en-tête des accusés de réception ou des lettres de remerciement la mention « État français ». Au moins la République n'avait-elle pas eu à subir cet affront, maigre consolation. Mais c'était bien la France. Puisqu'elle avait inventé un Commissariat aux questions juives, l'occupant se fit fort d'y apporter des réponses allemandes.

Parfois, je recopiais. Pour rien, pour moi. Par crainte de ne pas me souvenir un jour que mes yeux avaient pu lire quelque chose comme ça dans une lettre adressée par l'Administration centrale à l'un de ses délégués régionaux : « Tous les enfants juifs doivent subir le sort de leurs parents. Si les parents sont arrêtés, les enfants le sont également. Si les parents sont hébergés dans un camp d'internement, les enfants les suivent. Il ne peut donc plus être question d'enfants juifs à héberger, soit chez des Israélites, soit chez des Aryens. »

Cela a été écrit à la fin de l'année 1942, le 24 décembre très exactement. Quel cadeau pour les petits... J'en aurais pleuré si une rage sourde et impuissante ne l'avait emporté. Pénurie et rationnement obligent, le document avait été dactylographié sur du papier de récupération. Quand je le retournai, comme à mon habitude par simple curiosité, j'y découvris l'en-tête de *Hop-là !*, « l'heb-domadaire de la jeunesse moderne »...

Avec ce que je ramenais involontairement dans mes filets, je pouvais constituer une anthologie sans pareille. De quoi me lancer dans une étude inédite sur la psychopathologie de la circulaire administrative dans la France occupée. Je m'im-mergeais dans une rhétorique d'un autre âge. Le vocabulaire était marqué du sceau de l'époque. Les fonctionnaires n'écrivaient pas « étoile jaune » mais « insigne juif ». Certains évoquaient même des « champs de concentration ».

Il y avait de tout. Comme s'il était écrit que même dans ce microcosme on franchirait tous les échelons, de l'absurde au tragique. Ce haut res-ponsable policier, par exemple, qui s'inquiétait d'une nouvelle mode parisienne. Il avait entendu parler de femmes qui osaient porter en broche des insignes de métal de 8 cm × 6 cm sur lesquels étaient représentées les douze tribus d'Israël en trois rangées de quatre. Aussitôt, il avait ordonné à ses troupes d'arrêter celles qui arboraient cet insigne, qu'elles soient juives ou pas, et de les inter-ner aux Tourelles.

C'était un temps où les bottins de téléphone pour la province étaient tellement difficiles à obtenir que, lorsqu'une antenne régionale de l'Administra-tion en possédait des exemplaires, elle devait impé-rativement les faire entrer dans l'inventaire... Un temps où pouvait exister une Association française des acquéreurs de biens aryanisés, car dans ce pays il y a des clubs de tout, on adore se réunir entre semblables... Un temps où, dans la nomenclature officielle des commerces, il y avait une cote pour « entreprises rituéliques et boutiques de ghetto »... Un temps où un grand bourgeois, à l'instant de rédiger son arbre généalogique certifié sincère et véridique, pouvait par six fois écrire « catolique » avec une faute et « aryen » sans faute...

Un jour, je crus toucher au but. En retirant la sangle d'une vieille chemise particulièrement poussiéreuse, j'ai pu déchiffrer son intitulé, « Dossier psychologique ». On remarquera la délicatesse de l'euphémisme. Le dossier était encore plus crasseux à l'intérieur qu'à l'extérieur. Il était rempli de lettres de dénonciation non classées.

Manifestement, elles n'avaient jamais été manipulées. Je les avais trouvées dans leur jus. On aurait pu y pratiquer des relevés d'empreintes digitales pour identifier les épistoliers. De la haine en vrac. Du concentré de méchanceté pure. Ça vomissait de partout, ça débordait. J'en avais des hautle-cœur. Il fallait assainir la France, l'épurer de ses éléments allogènes, la régénérer. Le Maréchal n'avait-il pas lui-même indiqué le chemin ? La vertu civique prêtée à la dénonciation la distinguait de la vulgaire délation réservée aux plus vénaux. Mais, dans un cas comme dans l'autre, il s'agissait bien de dénoncer. Il n'y avait pas d'autre verbe, c'était le même pour les deux catégories.

Tant de lettres commençaient par la formule

d'usage «J'ai l'honneur de vous signaler les faits suivants…» alors que rien n'est plus déshonorant qu'une telle démarche. Ces gens voulaient simplement que l'on considère les Juifs comme des étrangers, qu'on les extraie de France et qu'on ne les revoie plus ici.

Jamais un historien ne pourra donner la vraie mesure du phénomène. Seul un romancier y parviendrait. Ou un psychiatre. Nul besoin de se sentir une vocation de proctologue pour fouiller ainsi le cul du monde.

Si cela n'avait été que haineux, ce serait simple. Mais lorsque le mal s'exprimait dans toute sa banalité, lorsqu'il apparaissait profondément ordinaire, la raison déposait les armes. Car, avec l'Occupation, on n'est plus dans la politique. Pendant quatre ans, ce fut à chaque heure l'heure de vérité qui révéla la part d'humain ou d'inhumain en nous.

En lisant, en relisant, je songeais à ce que m'avait confié un jour un ancien officier de la Propaganda. À savoir qu'en quittant Paris les Allemands avaient laissé derrière eux nombre de sacs postaux pleins de lettres non décachetées. Il y en avait trop. Un jour, leurs services n'en ont plus eu le temps, ni le goût. À la longue, tant de bassesse les écœurait. En abandonnant ces sacs empoisonnés dans leur sillage, ils avaient amorcé une gigantesque mine antipersonnel. L'ayant détectée, j'avais le pouvoir de la neutraliser. Ou de la faire exploser.

C'était désormais ma responsabilité.

On a tellement parlé de ce temps où les Français

ne s'aimaient pas qu'on en a déduit une idée fausse devenue un lieu commun. À savoir qu'ils se seraient livrés à une surenchère dans l'avilissement, se dénonçant les uns les autres. Mais qu'en sait-on ? Pas d'enquête exhaustive, pas de chiffres, pas de livres, rien. En tout cas pas d'étude à l'échelle du pays. Tel département a fait l'objet d'une analyse pointue mais il n'a pas de valeur nationale tant les différences étaient grandes suivant que l'on se trouvait au nord ou au sud de la ligne de démarcation. Inconsultables par la loi, les archives sont demeurées inconsultées. Aussi l'opinion publique s'était-elle persuadée que l'Occupation avait été l'âge d'or de la délation.

L'idée collait parfaitement à l'air du temps. Celui d'une France qui éprouve une certaine volupté à se piétiner. Qui ne cesse de se déplorer. Un vieux pays gouverné par les morts, soumis à la dictature du souvenir, résigné à la tyrannie de la commémoration. C'était cela désormais, le bien-penser. Allais-je le flatter ?

Je feuilletais, je survolais, je compulsais, je ressassais jusqu'à l'écœurement.

Rien. Toujours rien. Rigoureusement rien. Le nom de Désiré Simon n'apparaissait nulle part. Pourtant j'avais sous la main tous les dossiers de cette saleté de bureaucratie. Les lettres, les minutes, les rapports, les télégrammes, les bordereaux, et même les factures de ladite police aux questions juives, mais non, il n'y avait rien.

Je continuais pourtant, jusqu'à la nausée. Quand je n'y voyais plus clair, je retirais mes lunettes, me frottais les yeux, que je gardais clos. Ainsi prostré pendant de longues minutes, je me laissais gagner par le malaise. Pour le chasser, il fallait reprendre et poursuivre. Une voix intérieure me disait : tu brûles... En attendant, je me consumais.

D'habitude, après des mois de recherche, j'étais en parfaite osmose avec mon personnage. Il ne fallait guère plus que cette délicieuse empathie pour faire mon bonheur. Cette fois, je me retrouvais sans l'avoir voulu en harmonie avec un frêle moment de sa vie. Je ne me reconnaissais plus.

Les années quarante m'étaient devenues une seconde patrie. Mon pays d'adoption en quelque sorte. Mais je ne l'habitais pas, c'est lui qui m'habitait. L'Occupation m'avait pénétré. Je n'étais plus un homme, j'étais une guerre civile.

Parfois, mon regard se posait sur un nom, une date, un fait. Puis il repartait. Fausse alerte. Jusqu'à cet instant précis où, en haut à droite d'une lettre, je lus machinalement une adresse, qui me fit sursauter à la relecture. Je lâchai un « Quoi ? » qui dut être assez sonore pour troubler la quiétude des lieux puisque quelques chercheurs se tournèrent vers moi le regard chargé de reproches.

Je levai les yeux. La grande horloge à quartz indiquait seize heures onze. C'est à cet instant précis que tout a basculé.

2

J'étais mal. En dépit de la température clémente, quelques gouttes de transpiration perlaient sur mon front. Le vertige me gagnait à nouveau. Je tentais de me rassurer en l'attribuant à la lecture compulsive des archives. Mais non, c'était bien plus profond. Ça tanguait, ça tanguait et je n'y pouvais rien. Mon vieux syndrome de Ménière se manifestait à nouveau comme s'il guettait l'occasion depuis de longs mois, placé en embuscade dans les plus sombres replis de l'encéphale.

Je me précipitai aux toilettes pour m'asperger d'eau. Au lieu de quoi je vomis mes entrailles. En repartant, je titubais, résolument vide. Plus que jamais la guerre était en moi. Je respirais l'air du temps de l'Occupation. Personne ne pouvait accéder à ce désarroi, rien n'était en mesure de l'atténuer. J'assistais impuissant au lent grignotage de mon esprit par un corps étranger.

L'autobus était bondé. Les gens ne paraissaient pas différents de ce qu'ils étaient les autres jours sur ce trajet bourgeois. Quelques vieilles dames, des habituées probablement, saluaient le conducteur en entrant. Leur geste si naturel donnait à la capitale un air de village alors que la ligne traversait plusieurs quartiers. Au fond, des adolescents s'étourdissaient dans l'infernal grésillement de leurs baladeurs. Plus près, un cadre s'étranglait de honte à régler son emploi du temps au téléphone en présence de témoins gênants qui n'en pouvaient mais. Ceux qui ne s'absorbaient pas dans la lecture d'un journal ou d'un livre s'enfermaient dans leur monde, le regard perdu dans le vague, taiseux par dépit plus que par choix. Il suffisait de leur sourire pour le savoir. Un mot à peine, mais un mot prononcé avec une lueur bienveillante dans les yeux, aurait suffi à engager la conversation.

Chacun semblait à sa place sauf moi. Je me sentais décalé. Quelque chose me transfigurait insensiblement. Petit à petit, je devenais étranger à moi-même. Ma vision du monde avait été bouleversée. J'en pris conscience en me retournant pour chercher le contrôleur, debout sur la plate-forme à ciel ouvert, au fond du véhicule. Comme dans les autobus des années quarante, ceux que la police avait réquisitionnés pour les grandes rafles.

À l'arrêt de la rue Copernic, alors que je regardais par la fenêtre, il me parut évident que l'enseigne de l'hôtel annonçant fièrement « * * * N N » était en réalité un clin d'œil aux déportés Nacht und Nebel. Mais quels touristes pouvaient être assez tordus pour se croire là dans un monde de nuit et de brouillard? Il n'y avait que moi, voyageur sans bagage.

En chemin, comme à mon habitude, je détaillai les façades des immeubles haussmanniens. Depuis le temps que je pratiquais cet itinéraire, j'aurais dû m'en lasser. Tout au contraire, la surprise était chaque jour renouvelée. Sauf que depuis peu un seul élément de décoration retenait mon attention à l'exclusion de tout autre : les masques sculptés. Je ne voyais qu'eux.

L'autobus semblait faire exprès de stationner devant telle clef d'arc pour laisser mon regard se poser sur des mascarons aux traits moins espiègles qu'épouvantables. Désormais, leur laideur m'agressait personnellement. De grotesques, ils devenaient tragiques. Ils me sautaient aux yeux comme autant de fioritures de la barbarie. À chaque arrêt, je me retrouvais exactement à leur hauteur. Il n'y avait qu'eux et moi. Il n'était pas une console de balcon, pas un culot historié, pas un chapiteau dont la méduse ne me hurlât sa douleur à la figure. À moi et à moi seul. Comme si, au moment où le lourd véhicule s'engageait dans la rue Lauriston, j'étais le seul à pouvoir entendre un cri de torture issu des ténèbres des années de honte. Ma propre métamorphose me rendait solidaire de la leur.

À l'arrêt suivant, je contemplai un mur d'affiches lacérées. Plusieurs couches avaient été superposées. En d'autres temps, j'aurais songé à la galerie susceptible d'accueillir ce qu'un artiste inspiré aurait su transformer en œuvre par la seule vertu de l'accrochage. Pas cette fois. Je déchiffrais au premier degré ce palimpseste de réclames. On y décelait le visage épanoui d'un retraité idéal vantant le confort des maisons individuelles Maréchal. Je le regardai, puis dévisageai le vieil homme assis en face de moi et désignai les affiches d'un coup de menton :

« Et vous, êtes-vous plus français que lui ?

— Pardon ?

— Rien. »

Il haussa les épaules et se leva, non pour descendre mais pour changer de place.

J'étais sérieusement atteint.

Je me surprenais à diviser désormais l'humanité en deux catégories : ceux qui avaient eu vingt ans et plus à l'époque de la guerre, et les autres. Celui-là par exemple, agrippé à son vieux cartable plein d'une carte orange, avec son regard fuyant, ses lèvres pincées et ses cheveux pelliculés, qu'a-t-il fait ? Fonctionnaire probablement, sert tous les régimes, pas de problème, ça fonctionne par tous les temps. Et celle-ci, qui fait semblant de regarder ailleurs et me considère de haut, elle n'a pas dû être très nette, j'en mettrais ma main au feu.

De toutes parts, j'étais cerné par des BOF, des profiteurs, des douteux, des lâches. Enrichis du marché noir, parvenus de tous les trafics, rescapés de la guerre de 39 francs 40. De toute façon un monde de suspects. C'était le mien désormais. J'avais glissé le doigt dans un engrenage, la main, le bras, le tronc et puis l'âme. Impossible d'en sortir. Je m'étais mis dans la tête que, si je ne crevais pas l'abcès, j'en crèverais.

Il fallait que je sache. Mais en avais-je seulement le droit?

Fourrures Fechner. 51, rue de la Convention, XVᵉ arrondissement de Paris, téléphone VAUgirard 48-86. Sans plus. Mais cela suffisait. Fechner, c'était eux, ce ne pouvait être qu'eux.

Je suis tombé dessus par hasard, je n'avais rien cherché. En fait, ça m'est tombé dessus. Quand j'ai lu cette mention dans le Dossier psychologique, j'ai ressenti une secousse dont j'éprouve encore les effets.

Les Fechner étaient des cousins germains de ma femme. Nous aurions pu rester de simples parents. Au lieu de quoi nous étions devenus des frères. C'est ainsi, ça ne s'explique pas. Outre les traditionnelles fêtes de famille, nous nous retrouvions le dimanche dans leur maison de campagne. Nous nous mesurions au tennis de table tandis que les enfants s'affrontaient au tuyau d'arrosage. Parfois même nous prenions nos vacances ensemble bien que ma dilection pour la solitude m'eût toujours éloigné de tout communisme balnéaire.

Il n'y avait pas plus différents que François Fechner et moi. Pourtant, ce qui nous rassemblait devait peser bien plus lourd que tout ce qui nous distinguait. La puissance muette du regard, une réflexion murmurée, un haussement d'épaules imperceptible sous le regard des autres suffisaient à consolider nos liens.

Les gens qu'on aime, qu'on côtoie en permanence, qu'on rencontre naturellement, on croit les connaître, mais que sait-on vraiment d'eux? Presque rien en vérité. Des poussières d'information, quelques souvenirs égrenés au fil de la conversation, des rumeurs imprécises, des non-dits qui encouragent toutes les interprétations. Et ce misérable tas de secrets qui fait que l'homme est l'homme et le ronge plus sûrement que la haine ou l'indifférence. Il faudrait faire l'effort de savoir. Pas le temps, dit-on. Le plus souvent, plus que l'envie, c'est l'occasion qui manque.

Des Fechner, je savais qu'ils s'étaient installés à Paris dans les années trente. C'étaient des Juifs d'Europe de l'Est. Je les croyais assez polonais, on les imaginait plutôt roumains. Des premiers on disait que si, comme tant d'autres, ils étaient prêts à vendre père et mère pour réaliser une bonne affaire, à la différence des seconds ils livraient à domicile. Des seconds on disait qu'il était recommandé de compter ses doigts après leur avoir serré la main. Enfin, ceux qui disaient cela en avaient le droit. Dans leur bouche, cela ne relevait pas de l'antisémitisme mais de l'autodérision. Polonais ou Roumains, ce n'était pas indifférent. Entre les deux passait une autre ligne de démarcation, cette fron-

tière invisible mais pesante qui séparait les ashké-
nazes des séfarades.

Qu'importe, ils n'étaient pas d'ici. Avant de devenir français, ils avaient été des étrangers dans ce
pays. Cela laisse des traces. Quelque chose comme
un vieux fond d'instabilité qui pousse à une quête
sans fin de la sécurité absolue. Plus encore pour
les siens que pour soi. Cet atavisme était le terreau
de leur inquiétude. L'aïeul aimait tellement la
France qu'il avait tendance à croire qu'il était
presque né ici. Mais, trois générations après, François Fechner avait toujours le sentiment de n'y être
qu'en transit.

Ils demeuraient si réservés que j'ignorais leurs
véritables origines. Pourtant, ils n'en faisaient pas
mystère. Simplement, on n'en parlait pas. C'était
acquis. Tout commentaire paraissait superflu. Cela
allait de soi. Comme leur métier. Fourreurs de père
en fils et de grand-père en petit-fils. Fourreurs par
la force des choses. La question de la vocation ne se
posait même plus. On se transmettait la flamme
parce qu'il eût été indigne de la laisser s'éteindre, et
insultant pour les aïeux qui avaient passé leur vie à
la maintenir. N'eussent été les pogroms qui les
avaient si souvent nomadisés, ils auraient pu se permettre l'orgueilleuse enseigne « Maison fondée en
1895 ». Fiers mais discrets. Ils n'en rajoutaient
jamais. Cette mesure en toutes choses les distinguait
dans un milieu si volontiers porté à l'ostentation.

François et moi avions épousé la même belle-
famille. Dans les réunions élargies, quand les

conversations tournaient au vacarme, et l'échange d'arguments au pugilat, notre situation de pièces rapportées nous poussait à faire bloc par notre mutisme amusé. Nous assistions aux batailles rangées en qualité d'observateurs. Par notre commune patience, nous nous considérions comme une force d'interposition mandatée par une improbable ONU des douze tribus. Mais nous n'intervenions qu'en cas de force majeure, la famille qui nous avait fait l'honneur de nous accueillir en son sein ne manquant pas une occasion de nous rappeler qu'elle était issue de la cuisse du roi David.

Si une indéfectible amitié m'unissait à François Fechner, une silencieuse complicité me liait à son père Haïm dit Henryk dit Henri dit Monsieur Henri. L'évolution de son état civil reflétait parfaitement sa course dans le grand labyrinthe de l'errance juive : le Livre, les Balkans, la France, le Magasin.

Rien dans son aspect ne trahissait le souvenir des épreuves qu'il avait endurées. À un détail près : il avait tout le temps l'air mouillé, comme s'il avait beaucoup plu dans sa vie. Il n'était pas vraiment petit, ni court, mais plutôt bref. Frêle, doté d'une mauvaise santé de fer, encore très mobile malgré ses quatre-vingts ans révolus, il était entièrement résumé par l'extraordinaire malice que traduisaient tant son regard que son sourire. À cause de ce trait, on le créditait d'un optimisme dont, au fond, on ignorait tout. Son sens de l'humour aurait été dévastateur s'il n'avait été tempéré par la courtoisie. En société, il paraissait en retrait de la conversation. Pour autant, il ne ratait rien de nos vanités, pirouettes et jeux du cirque. Son attitude de vieux sphinx en faisait un sage sans pareil. Elle témoignait de ce que, si les gens gagnent à être connus, ils y gagnent en mystère.

Dans la famille, il était notoire que les Fechner avaient, eux aussi, connu quelques problèmes pendant la guerre. Mais de cela non plus on ne parlait pas. Question de pudeur probablement. Ils ne se sentaient pas déportés de père en fils. On supposait qu'ils avaient souffert et, là encore, cela suffisait, il n'était pas nécessaire de s'appesantir.

Que faisaient-ils dans ce dossier ? Rien n'était précisé. Ils figuraient dans une sorte d'inventaire de la délation dressé par un fonctionnaire scrupuleux à l'échelle d'un quartier. Pour un historien, le détail ne signifiait rien. Pour moi, cela représentait beaucoup. Jamais depuis que je faisais de la recherche je ne m'étais trouvé ainsi nez à nez avec des proches.

Le lendemain, je me postai dès la première heure devant la grille des Archives. J'étais sûr de trouver de plus amples renseignements en amont du Dossier psychologique.

Désormais, je remontais un fleuve en quête d'une source inconnue. Le mystère s'épaississait au fur et à mesure que j'avançais. Mais contrairement aux récits de genre qui avaient baigné mon enfance, celui-ci n'était pas nimbé de merveilleux. Plus je poursuivais mon voyage, plus je m'enfonçais dans les ténèbres. J'entendais des cris d'agonie monter de la forêt. Les eaux charriaient gisants, cadavres et squelettes qu'elles déposaient parfois sur la rive. J'affrontais l'histoire qui pue.

On ne louera jamais assez l'ordre et la rigueur de l'esprit fonctionnaire. Mon dépouillement systématique ne tarda pas à me renvoyer à d'autres cartons, dont je n'avais même pas soupçonné l'existence : ceux de l'Administration provisoire des entreprises aryanisées.

L'étau se resserrait.

Aryanisé... Je ne m'étonnais même plus de ce mot d'un autre temps. J'en oubliais à quel point il était atroce. Je m'écorchais l'esprit à le prononcer mentalement. Aryanisé, aryanisé, a-rya-ni-sé ! Quand mon voisin de table se retourna pour me dévisager, je compris que j'avais encore pensé à voix haute. On n'aurait pas regardé un délirant avec d'autres yeux. Il est vrai que je me cognais aux murs dans un univers de signes qui n'était pas le mien.

Pour rien au monde je n'aurais voulu de leurs mots à eux. D'ailleurs je les lisais comme si je traduisais un idiome étranger. Je ne les importais sous ma plume qu'à titre conservatoire. Pour mieux les étudier sous l'œil du microscope, en entomologiste consciencieux. Mais je n'avais qu'une hâte, les leur restituer au plus tôt de crainte qu'ils ne s'installent dans mon cahier, y prennent racine, s'y déploient, fassent souche, prolifèrent, l'horreur absolue. Aryanisé...

Chemin faisant, je croisais des relations et des fournisseurs, autant de silhouettes qui m'étaient familières dans ma propre vie quotidienne. Le propriétaire du restaurant Dominique, le gérant du cirque Amar, l'un des administrateurs du magasin Old England, le lunetier Lissac mis dans l'obligation de faire savoir à sa clientèle qu'il n'était pas Isaac, et d'autres encore... Tous dénoncés à tort, tous tenus de prouver qu'ils n'appartenaient pas à la race maudite. Étrange époque que celle où l'on était sommé de démontrer non ce que l'on était mais ce que l'on n'était pas. Dans ces moments-là, la France du Maréchal évoquait l'Espagne de l'Inquisition. Celle de la pureté du sang. Là-bas déjà tout le monde était soupçonné d'en être.

Cette intime fréquentation des dossiers occultés avait pourtant quelque chose de frustrant, car j'étais lié par mon serment. Un soir, au cours d'un dîner, comme la conversation s'attardait sur l'Occupation, une dame qui portait un nom soupira : « Si vous saviez, dans ma belle-famille, pendant la guerre... » Je me morfondais à ne pas lui répondre que non seulement je le savais précisément, mais que j'en savais nettement plus qu'elle.

Secrétariat d'État à la production industrielle, à gauche la Direction des textiles et cuirs, puis au fond à droite le Comité d'organisation des pelleteries et fourrures, voilà, c'est là. On pouvait bien me dévisager avec insistance, nul n'aurait pu deviner la vraie nature de ma joie. Le piéton de l'Occupation était enfin arrivé à bon port. Pas chez moi, chez eux.

Je réapprenais Paris. Ce n'était pas mon monde, celui des hommes à peaux de bêtes de la rue d'Hauteville et de la rue de Paradis. Paul Morand aurait pu y écrire une version à poils longs de son cruel *France-la-doulce*. Ils portaient des noms à consonance. C'était d'autant plus cosmopolite que, jusqu'à la déclaration de guerre, pelleteries et peausseries s'approvisionnaient en Amérique et en Union soviétique.

Pour les critères de l'époque, leurs patronymes avaient une physionomie de casier judiciaire. Ils s'appelaient Behar, Pravidlo, Hirsch, Reiman, Lang, Brunswick, Reiner, Zaharovitch, Frankel, Weill, Bokanovski. Certains faisaient la jonction entre l'état civil et la fonction. De Lapinski, on aurait pu dire qu'il était prédestiné à exercer ce métier. Parfois, leurs magasins ne s'appelaient pas comme eux mais La Sibérie, Au Castor, Au Léopard, À l'Ours Blanc. Ou encore Labrador Furs, en voilà un qui sentait déjà souffler le vent américain. La rue La Boétie devait leur paraître plus éloignée du faubourg Poissonnière que les Carpates. On y trouvait Revillon Frères, maison fondée en 1723.

Fechner... Je n'avais plus que ce mot-là à l'esprit. Il prenait toute la place. À plusieurs reprises, je crus enfin toucher au but. Des documents concernaient un Fechnner, fourreur. Mais son nom s'orthographiait avec deux *n* et il vivait alors à Malakoff. Vérification faite, ce n'était pas lui. Au fil des liasses, je côtoyais une humanité d'hommes de paille, de prête-noms et de sous-locataires. Parfois, une lueur éclairait ma nuit. C'était un ancien combattant israélite qui refusait d'acheter le faux certificat de baptême qu'on lui proposait pour assurer son salut, car c'eût été se déshonorer.

Peu après, au hasard d'un feuilletage compulsif, j'eus le choc de tomber sur une Émilie Fechner. Elle habitait le XVe arrondissement. C'était trop beau, quelqu'un de la famille. Là encore, je dus déchanter. Rien à voir avec mon affaire. Malgré tout, je ne pus m'empêcher de lire son dossier. Je n'aurais pas dû. Il était léger mais j'en ressortis exténué.

Elle vivait en France depuis trente-sept ans. Son mari était un ouvrier au chômage technique. Deux de leurs six enfants étaient prisonniers de guerre. Le 4 juillet 1941, elle avait écrit au Commissaire pour qu'il l'autorise à vendre des fleurs naturelles : « Je suis une femme vieille, brisée et malade. À part le délit d'être juive, je n'ai rien d'autre à me reprocher. Je ne suis capable d'aucun autre métier que celui-ci, auquel je suis déjà habituée depuis tant d'années... »

Elle demandait une exception. Que dis-je : elle l'implorait à genoux. Refusée. Quand des gens au bout du bout du rouleau, confrontés au désespoir absolu, en arrivent à se reprocher le délit d'être nés, c'est signe qu'on est au-delà de l'humain. À ce genre de détail, je maudissais le régime qui avait engendré de telles situations. Je maudissais les idées qui avaient pourri leur esprit. Je maudissais les hommes qui faisaient respecter les lois qu'elles avaient inspirées. Mais je ne parvenais pas à ne plus aimer la France au motif qu'un jour elle avait cessé d'être aimable.

J'en étais là de ma mélancolie quand je tombai par hasard sur le dossier des Fechner. Les vrais, les miens. J'étais tellement vidé que je ne me rendais même pas compte de ce qu'il m'arrivait. Il me fallut un long moment avant de comprendre que, pour la première fois, je réalisais un de mes vœux les plus ardents. J'allais toucher du doigt une vérité inconnue de tous, dont je serais le seul détenteur. C'était comme si je pénétrais un être cher si profondément que je parvenais à entrevoir son âme.

Tout était là. Bien écrit, bien rangé. Une merveille d'organisation. Ces papiers auraient pu passer toute leur misérable vie dans ce carton sans que jamais personne ne s'y arrête. Jusqu'à ce qu'un jour ils tombent en putréfaction et retournent à la poussière. Il ne serait resté d'eux qu'une référence dans un inventaire. À peine une allusion. Il en fut autrement. Appelons cela le hasard, ou plutôt une coïncidence. On dit que c'est le pseudonyme de la grâce pour ceux qui ne savent pas la reconnaître.

Le dossier Fechner était constitué de plusieurs rapports d'inégale importance. L'ordre par lequel ils se présentaient ne manquait pas de me troubler. D'évidence, ils n'avaient pas été classés en toute innocence. On aurait dit qu'ils racontaient une histoire selon une progression dramatique qui ressemblait fort à celle des romans de Désiré Simon, laquelle était librement adaptée des canons de la tragédie grecque. Je feuilletais en toute hâte. Crise, passé, drame, dénouement... C'était exactement cela. Peut-être le préposé au classement était-il un de ses fidèles lecteurs. À moins que ce fonctionnaire original n'ait eu un esprit naturellement romanesque. Et si, dans un cas comme dans l'autre, il s'agissait tout simplement de la vie ?

Toujours est-il que dans ma fébrilité j'eus un geste brusque qui précipita le dossier à terre. Les papiers s'éparpillèrent alentour. Je me retrouvai à quatre pattes, aidé par un étudiant compatissant, avec l'espoir de tout remettre en ordre. Peine perdue. Les documents semblaient avoir été battus comme des cartes. Je n'avais fait qu'entrevoir leur secrète organisation interne. Il ne m'en restait que le souvenir fugace. Un ordre nouveau naquit de ma maladresse.

Le premier texte, le plus bref, était tiré d'une circulaire. Il précisait qu'on pouvait être ouvrier façonnier à domicile à condition de ne posséder ni boutique, ni stock, ni enseigne, ni clientèle, ni inscription au registre de commerce.

Le deuxième faisait état d'un accord entre les

hauts responsables du secteur destiné à liquider les entreprises de second ordre disposant de peu de stock et à aryaniser les autres afin qu'elles poursuivent une activité normale.

Le troisième relatait l'opinion d'un notable de la profession, selon qui tout acquéreur potentiel souhaitait en réalité acheter un stock plutôt qu'un fonds. Il affirmait que la vraie valeur d'une maison de pelleterie se réduit à la valeur de l'homme qui la dirige.

Ce n'est qu'au quatrième document que je retrouvai pour de bon mes Fechner dans un rapport signé d'un certain Chifflet, inspecteur au Service de contrôle des administrateurs provisoires. J'imaginais un homme de terrain, rompu aux leurres et aux chausse-trappes. Je lui prêtai un visage, une voix, une poignée de main. À croire que je voulais déjà faire un personnage d'une personne qui avait pesé sur le destin des Fechner.

Leur magasin allait être aryanisé. Autrement dit confié à un commissaire-gérant en attendant que se présente un acquéreur conforme à l'air du temps. L'inspecteur soulignait l'élégance des lieux, notait le nombre d'employés, insistait sur leur origine raciale. On était alors dans l'incertain. Une période de transition durant laquelle les achats étaient suspendus.

C'était le 16 juin 1941.

Dans les mois qui suivirent, tout se précipita pour eux. Leur fonds fut vendu à un certain Cressanges. Mais les Fechner ne pouvaient se résoudre à ne pas travailler. Hitler leur avait promis le Reich pour mille ans. Ils n'envisageaient pas d'attendre le terme d'une échéance qui se voulait prophétique. Il fallait se ressaisir vite pour ne pas sombrer dans la misère annoncée. Ils ne possédaient rien d'autre que leur magasin et leur stock. Désormais, ils n'avaient plus rien, hormis leur savoir-faire ancestral. C'était peu et beaucoup.

Je ne cessais de me demander pourquoi ils n'étaient pas partis. Pourquoi ils n'avaient pas abandonné un pays qui les avait abandonnés. Pourquoi ils n'avaient pas trahi cette nation qui les avait trahis. Mais je m'interdisais secrètement de le leur reprocher.

Les Fechner n'avaient pas perdu de temps. S'ils n'avaient pas songé dans l'immédiat à un nouvel exil, ils s'étaient vite repris. Aussitôt écartés de leur magasin de la rue de Convention, ils avaient aménagé un atelier dans un appartement situé non loin de là, rue Lecourbe. Ils s'étaient clandestinement établis artisans façonniers en violation des instructions reçues. Mais leur discrétion leur permettait de ne pas attirer l'attention sur eux, du moins pas celle des services concernés. Jusqu'à ce que leur successeur porte plainte pour concurrence déloyale.

Visité par l'inspecteur, monsieur Cressanges ne chercha pas à dissimuler son amertume. Le magasin qu'il avait repris, à des conditions certes avantageuses, ne marchait pas.

« Fechner me prend toute ma clientèle ! Je ne sais pas comment il fait, mais je suis sûr qu'il travaille quelque part dans Paris. Vous devriez chercher... »

Par acquit de conscience, l'inspecteur éplucha les fichiers du magasin. Il prit quelques notes avant d'enquêter. Quelques semaines plus tard, il se présentait à la porte de l'appartement des Fechner transformé en atelier de fortune.

En découvrant son nouveau compte rendu d'enquête, je fus parcouru d'un frisson. Quelque chose comme un malaise me glaça le sang. Son œil enregistrait comme une caméra. Le rapport valait un reportage. Vivant, précis, détaillé, en tout point une réussite.

Je ne pouvais réprimer un sentiment d'admiration pour sa technique d'exposition tout en étant conscient de ce que cela avait d'indécent eu égard aux circonstances. J'en avais pourtant lu des dizaines d'autres. Celui-ci me laissait coi. Il faut dire que le narrateur avait le don d'entraîner son lecteur dans ses pas. Son seul et unique lecteur supposé, c'est-à-dire son supérieur hiérarchique. Il l'invitait à regarder par-dessus son épaule. Je ne m'en privai pas. Quand j'y croisai enfin les miens, j'éprouvai un désarroi sans pareil.

L'inspecteur avait frappé à la porte. Deux coups, une pause, et un troisième. Puis il avait prononcé un mot de passe et donné le nom de la personne qui l'envoyait. L'homme qui lui avait ouvert l'entrebâilleur se retira un instant, puis revint et le fit entrer. L'inspecteur fut amené près du père Fechner. Chemin faisant, son œil photographique effectuait un relevé millimétrique. Le faciès des gens, la quantité de marchandises, la nature du mobilier, il ne ratait rien.

« Que puis-je pour vous, Monsieur ? lui demanda le commerçant.

— J'aimerais offrir à ma femme un manteau en astrakan.

— Je vois... Vous savez, l'astrakan, en ce moment...

— Ça ne se fait plus ?

— Si vous voulez, je peux vous faire un manteau de lapin pour quatre mille cinq cents francs. C'est très, comment dites-vous... seyant. N'est-ce pas ainsi qu'on dit, Monsieur ?

— Pas "Monsieur". Inspecteur Chifflet de la Section de contrôle, dit-il d'un ton soudainement sec en montrant sa carte professionnelle. Maintenant on va s'asseoir et vous allez tranquillement m'expliquer ce qui se passe ici. »

Le vieil homme était éberlué.

« Vous n'êtes pas un client ?

— Vous êtes très perspicace. Nom, prénom, qualité et tout le reste, allez-y, dépêchons, vous êtes nombreux dans ce capharnaüm ? »

N'eût été sa manière délibérément cassante, comme s'il devait par principe déstabiliser ses interlocuteurs, son intrusion aurait fait penser à la visite de courtoisie d'un préposé. Sauf que sa curiosité était animée par quelque chose de malsain, sinon de pervers. Il savait, lui, à quoi aboutirait son enquête.

Il n'y eut ni panique, ni cris, ni pleurs. Sinon il les aurait certainement relevés. Pas plus de bruits de botte à l'étage ou de coups de crosse contre la porte. J'en cherchais en vain l'écho assourdi entre les lignes. Rien de tel.

Il n'était pas un gendarme mais son chevauléger. Il ne s'agissait pas d'une rafle mais de son avant-goût. Ni d'une arrestation mais de son ersatz. Les Fechner auraient eu conscience d'être les acteurs malheureux d'une répétition générale s'ils avaient eu le sens de l'histoire. Mais qui l'a jamais eu dans l'urgence ? Après, quand on reconstruit, c'est toujours plus facile.

« Allons-y…

— Voici ma carte d'identité d'artisan étranger n° 36CA48659 délivrée le 13 février 1940 par la préfecture de police. Mais c'est mon fils qui est inscrit au registre des métiers et à la Confédération générale de l'artisanat français.

— Votre fils, lequel ? Le petit ou le grand ?

— Lui, là, l'aîné, Itzkok, fit-il en le désignant du menton.

— Comment ?

— Écrivez Isaac, Monsieur l'inspecteur, c'est aussi bien. »

Chacun y passa. Le père, le fils et l'employée. Sarah, détenait un passeport britannique. L'inspecteur le tritura comme un objet exotique. C'est tout juste s'il ne le renifla pas. Le document devait lui paraître plus insolite qu'une lettre de créance de la grande banque de Lodz.

« Il en manque un, fit remarquer le policier en jetant un coup d'œil circulaire dans la pièce.

— C'est Haï... Henri, où est-il ? »

Henri Fechner avait vingt-cinq ans. À l'époque, il était déjà le malicieux qu'il serait toujours. Il ne se cachait pas, il se faisait oublier. Du moins il essayait.

« Alors, votre carte ?

— Je l'ai perdue.

— Comment ça, perdue ? Vous savez que c'est grave de nos jours d'être sans papiers ? »

Le jeune homme haussa les épaules, écarta les bras, la paume des mains face au plafond comme s'il prenait le ciel à témoin de son infortune. Son regard et son sourire le trahissaient. On ne croyait pas à sa détresse.

« Mais qu'est-ce que je peux faire ? »

L'inspecteur se leva et entreprit de faire le tour du propriétaire. La famille lui faisait cortège. Ce jour-là, un stock important de martres, de civettes et de marmottes était entreposé à l'atelier. Il ne manqua pas de le remarquer.

« Ce n'est rien, s'empressa le vieux Fechner. C'est juste... »

Son plus jeune fils l'interrompit pour lui éviter de commettre un faux pas. Car, l'air de rien, l'inspecteur notait tout. Le moindre lapsus était consigné.

« Ça nous a été remis par des maisons pour des réparations. »

La petite troupe effleura la grosse commode. Le fonctionnaire ne pouvait pas ignorer le document qui était posé dessus. C'était la liste des clients de leur magasin.

« Et ça ? Ça ne vient pas de la rue de la Convention ? »

Il l'empocha sans attendre la réponse.

Est-ce ce geste qui l'inspira ? Ou le vieux Fechner avait-il eu un sursaut ? Toujours est-il qu'il tenta alors le tout pour le tout. Se désolidarisant du groupe, il prit soudainement son inquisiteur par le bras, l'emmena dans la cuisine et ferma la porte à clef. La pièce était tellement exiguë qu'ils se retrouvèrent nez à nez.

« Vous et moi, on pourrait peut-être s'entendre, Monsieur l'inspecteur. Mes jeunes gens ne savent pas ce que c'est. Les temps sont durs pour tout le monde, n'est-ce pas ? Vous pourrez compter sur mon absolue discrétion. Alors ? »

Le fonctionnaire fit l'ingénu.

« Alors quoi ?

— Dites-moi votre prix et on discutera. Combien ? »

Le policier voulait le pousser à la faute. L'enferrer un peu plus. Le vieux n'était pourtant pas naïf. Mais il se croyait encore en affaires comme il l'avait toujours été. Il pensait qu'on pouvait ruser avec toute l'humanité comme s'il s'agissait d'un client ou d'un fournisseur.

«Vous parlez du manteau de lapin?

— Mais qui vous parle de manteau! Tenez, je vous le donne, et vous me rendez la liste. Voilà pour le lapin. Mais moi je vous parle du reste. Combien pour avoir la paix? Pour qu'on nous oublie? Dix mille?»

Il n'y eut pas de réponse. La proximité de leurs visages rendait le silence plus pesant encore. Leurs haleines n'en faisaient plus qu'une. Le vieux Fechner n'eut pas la patience du policier. La tension était aussi forte que la tentation.

«Quinze mille peut-être?»

L'inspecteur esquissa un sourire qui se logea à la commissure de ses lèvres. Il nota scrupuleusement les chiffres. Puis il tourna lentement la clé dans la serrure sans quitter le vieux du regard.

Toute la famille attendait derrière la porte. À voir la mine réjouie du visiteur, chacun comprit dans l'instant que les beaux jours étaient derrière eux.

Le rapport fut accablant. Les Fechner étaient quatre fois en contravention avec la loi. Exercice illégal de la profession d'artisan à destination d'une clientèle particulière. Exploitation d'une employée qui n'est pas de leur famille. Défaut de papiers d'état civil. Tentative de corruption d'un fonctionnaire.

La punition ne se fit pas désirer. On appelait cela une sanction administrative. C'en était une effectivement. Sauf qu'en ce temps-là l'Administration avait pouvoir de vie ou de mort.

La suite, j'en connaissais déjà des bribes par ouï-dire. Peu après, dans les premiers jours de 1942, il y eut une descente de police dans l'atelier de la rue Lecourbe.

Ceux qui étaient là furent arrêtés, internés à Drancy et déportés dans un camp, en Pologne. Nul ne les revit plus jamais. Ceux qui avaient pu sortir passèrent le reste de l'Occupation traqués, vivant d'expédients et de petits travaux.

Un an après la Libération, ils récupérèrent leur magasin. Une partie du stock avait disparu.

Un demi-siècle s'était écoulé. Seul Henri Fechner avait survécu. Bon pied bon œil, il était toujours fourreur rue de la Convention. Même s'il avait passé les rênes à son fils unique, il veillait toujours au grain. Et plus encore depuis qu'il était veuf. Il n'imaginait pas de décrocher. La fourrure, c'était sa vie. En la lui enlevant, on lui retirait la vie.

De temps en temps, nous bavardions. Il avait l'air heureux. Un fils à ses côtés, des petits-fils, la descendance était assurée. L'histoire des Fechner ne s'arrêterait pas à sa personne. Cette perspective suffisait à son bonheur bien qu'il n'eût pas la fibre dynastique. Il agissait en toute chose comme si la fin de son histoire n'était pas proche.

De quel droit allais-je la lui gâcher ?

3

Les Fechner avaient été dénoncés.

Nul besoin de lire entre les lignes pour s'en rendre compte. Donnés ou vendus mais dénoncés de toute façon. L'ont-ils jamais su ? Je n'ai pas de réponse. Moi, je le savais et un tel secret m'était intolérable.

D'ordinaire, chaque fois que je publiais un livre, j'attendais que les mots repoussent avant de me jeter dans un autre. Il n'y avait pas urgence. Je cherchais à m'éloigner de mon personnage. Tout en lui conservant pour l'éternité une fidélité muette, je m'estimais libéré de lui dès lors que des lecteurs s'en étaient emparés.

Il en avait toujours été ainsi, même si je conservais son âme au fond de moi. À force, il devait y en avoir plusieurs couches sédimentées. Moi qui m'étais longtemps cru seul dans ma peau, je commençais à imaginer qu'au lendemain de ma mort, en cas d'autopsie, le médecin légiste découvrirait un monde fou à l'intérieur.

Mon héros ne m'appartenait plus. Nous nous étions abandonnés. Il vivait sa vie de papier et moi, le hasard des rencontres et des lectures me procurant d'autres existences exemplaires à exalter, je ne restai pas longtemps esseulé. Son milieu, qui m'avait si bien accueilli, pointait parfois une trahison dans mon attitude. Je m'en défendais, mais à quoi bon? La réaction de ses proches me semblait naturelle. J'arrivais, je phagocytais, je repartais. Je devais leur paraître moins créateur que prédateur.

Cette fois, il en était autrement. Je n'avais pas cherché les Fechner, ils m'avaient trouvé. Le temps avait fait son œuvre, la mémoire nous avait rapprochés, le lent travail souterrain de l'Histoire avait agi à notre insu. Or, si on peut se déprendre d'un grand homme tout en lui vouant une secrète affection, on ne peut se débarrasser des siens. Il faudrait tailler dans sa chair.

J'essayais de me raisonner. Après tout, ces morts ne m'empêchaient pas de dormir. Ils ne réclamaient pas que je retrouve les complices de leur assassinat. Je n'avais connu ni les uns ni les autres. Leurs descendants ne m'étaient familiers que par raccroc. Dans leur monde, j'étais une pièce rapportée. Rien ne disait qu'en cas de divorce je continuerais à les voir. Finalement, cette histoire n'était pas la mienne. Pourquoi allais-je m'encombrer de ce fardeau?

Au vrai, j'étais fasciné par le grain des choses.

Depuis que j'avais lu leur dossier, je me sentais

dépositaire d'un secret qui ne m'appartenait pas. On m'avait investi d'une responsabilité. À la fin du rapport, l'inspecteur avait consigné le nom de l'individu qui avait dénoncé les Fechner. Celui qui avait communiqué leur adresse à la police, celui dont le nom lui avait servi de sésame pour pénétrer chez eux sans éveiller de soupçons. Du moins avait-il pris soin de le nommer X. Mais à la dernière mention un astérisque renvoyait à une note de bas de page : «Voir dossier 28B, page 35, ligne 12.»

Cette fois, nul besoin de traquer les silences du texte, d'en sonder le sens caché, d'en déchiffrer l'énigme intérieure.

J'étais désormais assez familier des papiers de l'Occupation pour deviner de quoi il s'agissait. Un véritable annuaire de la délation. Il n'y avait que des noms renvoyant à des affaires en cours ou à des dossiers. En regard, pas d'adresse mais des numéros codés. De quoi traduire en justice des centaines de vieillards, angoisser leur famille, faire chanter des puissants, effrayer des petites gens, provoquer quelques suicides. Telle n'était pas mon intention. En vérité, je n'avais aucune intention d'aucune sorte.

Ce jour-là, en quittant les Archives, je n'étais qu'un bloc de doute. J'avais perdu toutes mes certitudes d'un coup.

Depuis des années, j'enchaînais les livres sans me poser de questions. Non qu'il n'y en eût pas, tout au contraire. Mais en cela aussi, Désiré Simon m'avait contaminé. Il prétendait que s'il creusait l'éternel problème que les journalistes, les psychanalystes et son boucher lui posaient (« Pourquoi écrivez-vous ? »), cela le stériliserait dans l'instant. Mettre à nu son plus intime secret, ne fût-ce qu'à ses propres yeux, marquerait la fin brutale de son œuvre. Toute explication lui faisait horreur. Il ne voulait même pas en envisager la perspective. Quand on le pressait de questions touchant au véritable mystère de l'écriture, il fuyait. Avec élégance, mais il fuyait. Aussi avait-il choisi d'avancer en contournant l'obstacle, sachant qu'un jour ou l'autre il aurait à l'affronter. Le plus tard possible car ce serait le dernier jour de sa vie d'écrivain.

Une telle attitude me convenait parfaitement. J'avais prévu de m'en tirer avec ce passe-droit jusqu'à quatre-vingts ans et des poussières. Sauf qu'à mi-vie le destin obscur d'une famille de fourreurs du XVᵉ arrondissement me forçait à tout remettre à plat.

Mon examen de conscience me valut plusieurs nuits blanches. Un matin, j'ai eu honte d'être biographe. Honte de mon indiscrétion. Honte de me servir du crédit acquis par mes livres pour m'introduire chez des témoins et leur soutirer des souvenirs qu'ils s'étaient bien juré de ne jamais dévoiler. Honte de trahir leurs confidences, fût-ce pour la cause d'une vérité supérieure. Honte de cette technique éprouvée, mélange de patience et de diplomatie, qui me permettait de m'immiscer dans les archives de particuliers et de m'insinuer dans les moindres replis de leur vie privée. Honte de partager des secrets de famille sans demander l'avis des intéressés. Honte de cette discipline de flic et d'indicateur. Honte de vérifier à chaque fois que l'esprit fouille-merde était la vertu cachée des meilleurs biographes. Honte de trouver quelque volupté à plonger les bras dans les poubelles pour en extirper de misérables indices. Honte de lire des ordonnances de médecins qui détaillaient d'intimes maladies, des relevés de banque qui contredisaient des postures de miséreux, des lettres d'amour qui auraient dû être détruites, des brouillons destinés à n'être jamais déchiffrés. Honte que tout cela parût être une méthode qui portât ses fruits. Honte de toujours raconter le passé des gens pour n'avoir pas à révéler le mien. Honte de gagner ma vie avec celle des autres. Honte de moi.

Cette fois, il n'était pas question de poursuivre la remontée du fleuve de mon propre chef. J'avais peur d'y découvrir ce que nul n'aurait jamais dû savoir. Ni moi ni personne. Je ne parvenais pas à me chasser de l'esprit ce qu'une analyse serrée de dizaines de dossiers m'avait enseigné. À savoir que sous l'Occupation tout était possible. On y avait tout vu, tout vécu, tout entendu. Ces années furent si extraordinaires *stricto sensu*, si peu ordinaires, qu'elles favorisèrent les attitudes les plus inouïes. Elles agirent comme le révélateur de ce que l'homme avait en lui de pire et de meilleur.

Plus je m'enfonçais dans le maquis des archives, plus je m'apercevais que les années noires avaient été grises. Elles n'étaient qu'ambiguïté et compromis. Elles avaient la couleur du flou. L'engagement net et entier, de quelque bord qu'il fût, était l'exception et non la règle.

La lecture de centaines de lettres de dénonciation m'avait ahuri. Non par la violence de la haine ordinaire mais justement par sa sérénité, du moins jusqu'au printemps 1942. On expliquait, on argumentait. Ils sont trop ceci, ils sont trop cela, on devrait donc les mettre ailleurs, le plus loin possible de chez nous. Ce furent des années de grand débarras. On a beaucoup jeté. Mais je fus encore plus accablé en forant davantage dans ce gisement de rancœur.

C'était le mari trompé qui trahissait sa femme au cœur innombrable, la maîtresse délaissée son amant trop volage, l'ami floué son associé duplice, le père de la fiancée son futur gendre indésirable. Cela s'est passé entre Français. Des chrétiens ont fait ça à des Juifs. Mais des Juifs se sont également fait ça entre eux. À l'instant de sauver leur peau, certains étaient capables de tout.

Et si l'un des leurs avait dénoncé les Fechner à la police ?

« Vous prendrez bien un café ? »

Quand je rendais visite à son fils, monsieur Fechner me recevait au magasin comme à la maison. Sauf qu'ici, parmi les renards argentés et les marmottes bleutées, tout le monde l'appelait Monsieur Henri. Il appréciait ce qui aurait pu passer à tort pour une familiarité, car dans le commerce ça faisait français. C'était une tradition. À l'école de la rue de Turenne déjà, il était le seul qu'on appelait directement par son prénom. À l'époque, son nom et son prénom n'avaient pas encore été simplifiés. Les professeurs renonçaient à les prononcer, les élèves également. Aussi aux yeux de tous n'était-il qu'Henri, insigne privilège. Il en avait conservé la jouissance mais la partageait certainement avec la plupart des commerçants originaires d'Europe de l'Est.

Cela n'avait l'air de rien mais il y attachait une grande importance. De même avait-il obtenu de sa femme qu'elle le laissât baptiser leur fils d'un prénom qui exprimât la France d'une manière ou d'une autre. Ainsi naquit François Fechner. On ne pouvait aller plus loin dans l'hommage à la patrie d'adoption. Anatole-France Fechner, cela eût paru présomptueux. Quant à modifier son état civil, il n'en était plus question depuis qu'à la Chambre un député avait voulu humilier le président du Conseil d'un trait typique d'une certaine tradition en vertu de laquelle on torturait un patronyme pour mieux blesser celui qui le portait. Mendès France ? Mais ce n'est pas un nom, c'est une raison sociale !

« Un sucre, ou deux ? François ne va pas tarder, il termine un essayage avec une cliente. »

Tandis que monsieur Fechner était appelé à l'atelier, je fis quelques pas seul dans le magasin. On ne pouvait même pas dire que sa décoration était démodée. L'esprit des lieux avait été étranger à l'air du temps à toutes les époques. Dans trente ans ce serait comme il y a trente ans. Parfois ils faisaient quelques travaux. La clientèle ne désertait pas pour autant. Le chantier n'empêchait pas que les gens viennent de province pour déposer leurs fourrures en garde, ou même pour effectuer des achats. C'était leur manière de manifester leur fidélité à une maison immuable depuis trois générations.

Impossible d'échapper aux miroirs. Il eût fallu se glisser sous la moquette pour n'être pas cerné par soi. Le fourreur y regardait ses manteaux comme un peintre le ferait de ses tableaux. Pour voir surgir les défauts. À l'envers, ils apparaissent mieux.

Je me rapprochais de la devanture, hypnotisé par l'allure processionnaire des passants dans la rue, d'autant plus que j'avais l'image mais pas le son. Mais s'ils m'observaient à leur tour, ils devaient être beaucoup plus étonnés que moi. Pour ce qui est du son, je me sentais en vitrine comme un poisson dans un bocal. Pour l'image, une pute de Hambourg.

Je m'assis près d'un bureau d'époque, élégante table dont le tiroir ventral renfermait les chèques et le sabot des cartes de crédit. Mon bras était posé nonchalamment près du téléphone. Si une cliente était entrée, elle m'aurait interrogé avec le plus grand naturel sur le prix d'une toque en pékan. Comme quoi un commerçant est d'abord quelqu'un d'assis près de la caisse, ou ce qui en fait

64

office. Mais à une nuance près, avant même que je n'ouvre la bouche, elle aurait remarqué que je n'étais pas l'homme de la situation. Car jamais je n'aurais eu la patience d'attendre toute une journée que des clients entrent dans le magasin. Le commerce n'était pas fait pour moi.

Le père et le fils étaient parfaitement complémentaires. Ils paraissaient au diapason en toute chose, à commencer par leur impeccable présentation, fussent-ils agenouillés, tout à l'art et la manière de pratiquer une retouche à un manteau. Jamais ils n'auraient reçu une cliente en bras de chemise. De même, ils n'envisageaient pas de n'être pas constamment cravatés. Leur dignité d'honnête homme tenait entièrement par le col. Cela leur paraissait la moindre des choses pour qui est aux pieds d'une dame, cherchant à la convaincre que la véritable élégance ne se remarque pas, qu'elle est d'abord une idée flottant autour d'un corps. Ils étaient tout le contraire de ces Italiens qui observent les femmes avec des regards de marchand d'esclaves.

Leur tandem fonctionnait d'autant mieux qu'ils se respectaient. C'est assez rare pour être signalé. D'ordinaire, ce genre d'attelage ne tient pas longtemps la route. Les pères se plaignent de ce que leurs enfants font peu cas de leur expérience, les traitent par-dessus la jambe. Les enfants regrettent que leur père soit si dépassé, qu'il ait été incapable de s'adapter. Les uns et les autres ont le même métier mais c'est à se demander parfois s'ils exercent bien la même profession.

Monsieur Fechner revint s'asseoir à sa place. Il téléphona à un pelletier. Même quand il s'adressait à un fournisseur, il employait un français de porcelaine, quoique sans affectation ni préciosité. Son usage de la langue était celui d'un autodidacte. D'un immigré reconnaissant envers son pays d'accueil. Cela ne sentait pas l'effort. Ne fût-ce qu'à ce détail, il se distinguait de nombre de ses camarades de jeunesse qui avaient encore du mal à se faire comprendre. Pour être toujours restés entre eux, ces tailleurs polonais du Marais n'avaient jamais éprouvé le besoin de renoncer à *Unser Wort* pour *Le Figaro*.

Toutefois un tic de langage trahissait son ancienne condition. Il avait du mal à ne pas s'excuser. Ses phrases commençaient souvent par une demande de pardon. C'était pathétique, surtout quand il s'excusait de cet atavisme. Pourtant, il avait fait du chemin depuis que son père s'était installé en France. Les premiers temps, à chaque fois qu'on l'appelait Monsieur, celui-ci se retournait pour voir à qui on s'adressait. Manque d'habitude, probablement. À cette époque, on tenait encore l'émigré de l'Est pour quelqu'un qui entre après vous dans une porte à tambour et qui en ressort devant vous.

J'admirais le calme d'Henri Fechner. Il dégageait une autorité naturelle du plus bel effet. N'ayant plus rien à prouver, il n'avait plus rien à craindre.

Ainsi m'étais-je toujours figuré la sagesse. Je m'en étais fait un idéal pour mes vieux jours.

Le plus souvent, pas un mot ne sortait de sa bouche. Avec lui, les souvenirs étaient comme les dents. Il fallait les lui extraire. Mais je n'aurais jamais songé à m'en plaindre. En une phrase, tout était dit. Un jour, comme je lui demandais s'il se voyait finir sa vie en Israël, il me répondit par un sourire en secouant la tête : « Un pays où il y a plus d'orchestres que de public ? Vous n'y pensez pas... »

Il appartenait à cette rare catégorie d'individus, plutôt des hommes, généralement avancés en âge, près desquels je pouvais rester des heures durant sans que ne soit échangée la moindre syllabe, et que je quittais avec l'impression d'avoir eu une conversation sur le fond des choses. Ce jour-là, ç'aurait pu être le cas. Sauf que ce ne le fut pas.

« Ça marche, vos écritures ?

— Vous savez, c'est toujours difficile d'en parler quand on a le nez dessus... »

Cela avait toujours été vrai mais jamais autant qu'à ce moment précis. Si j'avais osé, je lui aurais posé les questions qui me brûlaient les lèvres. Mais j'étais cloué par l'affection que je lui portais. Ce que je savais désormais de son passé ne faisait que l'accroître.

« Mon fils m'a dit que vous alliez raconter la vie d'un écrivain. C'est intéressant, les autobiographies ; j'en lis parfois.

— Biographie, pas auto…, avançais-je avec précaution pour ne pas le froisser.

— C'est pareil, on se comprend. Vous en êtes à quelle période ?

— La guerre. Il ne l'a pas faite mais…

— Mais il a fait l'Occupation. Comme tout le monde. »

Je ne pouvais pas laisser passer une telle occasion. Incapable de contenir plus avant mon impatience, je me jetai.

« Pour vous, ça s'est passé comment, ici ? »

Il me toisa. L'eussé-je traité de youpin qu'il ne m'eût pas considéré autrement. Pour la première fois, je lui découvris le tranchant d'une lame au fond des yeux. Sa réponse, sèche et sans appel, coupa court à tout développement.

« Ici, rien. »

Sa réponse me stupéfia. J'insistai. Il n'en démordit pas.

« Absolument rien. »

On aurait cru qu'il avait effacé de sa mémoire une période dont il s'était purement et simplement annulé. Il considérait ces années-là comme non avenues. Son attitude rappelait celle d'un théologien espagnol arrêté par les agents de l'Inquisition à l'Université, en plein cours, qui passa plusieurs années emprisonné, fut torturé, puis le reprit par ces mots : « Ainsi que je le disais hier… » Il avait gommé le noir intermède. Monsieur Fechner aussi.

Les jours fastes, il donnait libre cours à ses vieilles inimitiés par le biais de jugements prononcés sur un ton badin. Tel homme politique? Son père est polonais, sa mère est pire encore... L'allemand? Pas une langue, plutôt une maladie de la gorge... Mais il en avait autant au service des autres qu'il appelait «les nôtres» en baissant la voix, ceux qui mettaient l'horreur concentrationnaire à toutes les sauces et ceux qui la tenaient pour un événement unique dans l'histoire de l'humanité. Cela le faisait sortir de ses gonds car, dans ces moments-là, la fosse commune aux lieux communs devenait pestilentielle. Quand il entendait quelqu'un se demander avec effroi Mais-comment-peut-on-croire-en-Dieu-après-Auschwitz? il répondait du tac au tac Mais-comment-peut-on-ne-pas-croire-en-Dieu-après-Auschwitz! Ça jetait un froid polaire dans l'assemblée et la discussion était close.

Cette fois, il exprimait son état d'esprit sans agressivité mais sans humour. Il ne me laissait aucun espoir de compromis.

«Rien du tout...»

En prononçant à nouveau ces mots mais plus lentement, il fixa son regard dans le vague. Alors seulement j'y perçus une lueur de mélancolie, qui m'émut. Il se leva comme pour mieux illustrer par le geste que la séance était levée. Son fils nous rejoignit enfin. Monsieur Fechner plia soigneusement son journal, le mit dans la poche de son pardessus et nous quitta pour retrouver, comme tant d'autres, sa solitude cathodique.

J'assistai à la fermeture du magasin. Un vrai rituel. D'abord les portes blindées de l'arrière, et

celles de devant, puis le lourd rideau de fer cade-
nassé, l'allumage de la vidéosurveillance, le bran-
chement sur le commissariat, enfin la mise en
place des différents systèmes d'alarme.

« Tu comprends, je ne stocke pas des fruits secs
mais du lynx et de la zibeline », disait François,
comme pour justifier une installation que l'on
aurait pu croire légèrement paranoïaque.

Quand il m'arrivait de passer le prendre en fin
de journée, il avait hâte de fermer le magasin pour
m'emmener au Beaupré, le café le plus proche, son
café, fréquenté par les commerçants du quartier.
Car en vérité il avait deux cafés : celui où il allait
et celui où il n'allait pas.

Même là, il ne déboutonnait pas le col de sa chemise. Comme s'il lui fallait tenir son rang dans
l'instant, au cas fort improbable où une cliente
aurait fait une apparition impromptue. Pour
autant, il ne bridait pas sa bonne humeur. Chez les
Fechner, la jovialité était héréditaire. Un inconnu
l'eût interrogé sur son métier, il lui aurait répondu
comme toujours en pareille circonstance, le visage
largement fendu : « Nous sommes dans le fou rire
de père en fils. »

Et François d'égrener les chats ocelots, opos-
sums, castors, murmels et autres petits-gris avec
une diction yiddish à couper au couteau, lui qui
n'avait d'autre accent que ceux de la vérité.

Quelques consommateurs le saluaient cordiale-
ment. Des gens de toutes les conditions. C'était le
laboratoire idéal pour tester la magie d'un lieu qui

abolit les différences par la vertu du coude à coude au zinc. Jusqu'à un certain point. Dans une vie de quartier, quand il se réduit à un village, on s'interpelle par son prénom. Cela peut durer des années. Mais quand l'un disparaît, qui s'en inquiète vraiment ? Ils se voient tous les jours, ils se reconnaissent, mais se connaissent-ils seulement ? C'est probablement par un excès de politesse que l'on avait l'habitude de considérer comme une société ce qui n'était jamais qu'un pêle-mêle social.

Alors que j'allais me lancer, et tout déballer à François, là sur la table, un habitué nous rejoignit.

Une heure plus tard, la conversation aidant, je compris qu'il tenait boutique tout à côté, à l'enseigne Au Huit-Reflets. Je le croyais chapelier à l'ancienne. Il était miroitier. De père en fils lui aussi. À croire que dans ce quartier tout commerce relevait de la charge héréditaire. De toute façon, monsieur Adret avait quelque chose d'un illusionniste.

Quand il parlait, il agitait des mains pleines de doigts. Ça bougeait de partout, on allait voir ce qu'on allait voir. Même s'il n'y avait rien à voir, on était séduit par son verbe. Ses reparties étaient magnifiquement ciselées, ses phrases les plus anodines étonnamment bien rythmées. À croire qu'il biseautait même ses bons mots et ses anecdotes. Cela passait d'autant mieux qu'il les plaçait avec naturel, même quand il prétendait avoir perdu sa matinée aux objets trouvés. Ou qu'il reprochait à Proust d'avoir un peu exagéré en consacrant dix-huit volumes à sa famille. Un vrai travail d'artisan dans l'acception la plus noble du terme. J'étais soufflé. Profitant d'un temps mort alors qu'il était allé chercher des glaçons derrière le comptoir, François m'avait prévenu : « Ne te laisse pas impressionner par sa culture, il ne lit que des dictionnaires, rien d'autre. Des dictionnaires de citations. »

En vérité, monsieur Adret était un grand lecteur de petites choses. Quand il revint s'asseoir parmi nous, il lança à mon intention :

« Ne faites pas attention à ce que je dis : je ne suis pas souvent de mon avis...

— C'est curieux, cela me rappelle quelque chose, ou plutôt quelqu'un... »

Il se renversa sur sa chaise et, passé l'effet de surprise, mit sa main sur mon épaule et murmura :

« Paul Valéry, bravo, mais moi, j'ai décidé d'emprunter sans plus jamais citer mes sources. On me disait que j'étais pédant. Évidemment, de gens qui travaillent de leurs mains on s'attend qu'ils confondent Vélasquez et Vélosolex. Alors maintenant, c'est bien simple, je m'approprie... Euh, ça, c'est de moi ! »

Il nous quitta dans un éclat de rire. Nous nous promîmes de nous revoir. Dans mon esprit, ce n'était pas une marque de courtoisie. J'avais le sentiment d'avoir rencontré un homme de qualité, d'une richesse et d'une complexité que sa légèreté révélait plus qu'elle ne les dissimulait. Quand il se fut éloigné, je ne pus m'empêcher de glisser à François : «Même sa dernière phrase n'était pas de lui...»

Il me regarda avec son bon sourire. Il dit simplement «Alors?...», ce qui était sa manière de me demander pourquoi mes pas m'avaient mené à lui ce jour-là. Je ne savais trop comment l'aborder. Je résolus de tout lâcher d'un bloc. Désiré Simon, les Archives, les dénonciations, le rapport sur les Fechner...

Son visage se décomposait au fur et à mesure de mon récit. Il m'écouta sans rien dire, ne m'interrompant que pour me faire répéter tel ou tel détail. Il était abasourdi.

Il savait sans savoir. Cette histoire était un secret de famille. Pourtant, il n'y avait aucune honte à cela. Après tout, ils avaient été les victimes non les coupables, les persécutés et non les persécuteurs. Peut-être avaient-ils conservé un goût amer de la Libération. Les déportés de retour des camps n'étaient pas à la fête. On les devinait gênés d'être là, comme s'ils se sentaient en trop dans le paysage. On préférait éviter ce dont leur regard inhumain témoignait. Leurs silhouettes n'étaient plus qu'un cri silencieux. Comme le rappel d'une faute et d'une culpabilité collectives. Un peu plus tard, en Israël, on les appela les savons. Ils embarrassaient tout le monde

Depuis cet accueil, certains n'avaient pas cessé de raconter afin d'exorciser leurs fantômes, et leurs récits devenaient vite insupportables. D'autres n'avaient pas cessé de se taire pour mieux laisser

la plaie se refermer, et leur silence était parfois gla-
çant. Chacun à sa manière ils disaient tous la
même chose. Celui qui n'y est pas allé n'y pénétrera
jamais, celui qui y est allé n'en sortira jamais, car
la maison des morts est hors du monde.

De la tragédie familiale François ne connaissait
que des bribes. Il brûlait d'en savoir plus. Ne me
croyant qu'à demi-mot, il avait hâte de vérifier que
je ne m'étais pas trompé, bien que l'évocation de
chaque nom, chaque prénom, chaque lieu lui ait
fait hausser le sourcil.

« Demain, tu m'emmènes aux Archives.

— Mais non, c'est impossible. Tu n'as pas la
carte. L'accès est très strictement réglementé. »

Il alluma une cigarette pour la première fois
depuis longtemps, se racla un peu la gorge, se
reprit aussitôt.

« Dans ce cas tu y retournes demain et tu me
photocopies tout.

— Impossible. Interdit ! Tu comprends ? »

Il comprenait. Il m'embrassa et rentra chez lui.
Pour la première fois, je le vis s'éloigner le dos
voûté alors qu'il n'avait, comme moi, qu'une quarantaine d'années. On aurait dit qu'il portait soudainement sur ses épaules le poids d'une intime
tragédie. En l'observant, je songeais à ce poète
oublié qui disait que pour savoir l'âge d'un Juif il
ne fallait jamais oublier d'ajouter cinq mille ans à
sa date de naissance.

François avait vieilli d'un coup. En une heure, il
avait pris cinq mille ans.

Deux jours après, je reçus un mot de sa main :
« Je n'ai pas dormi. Cette histoire m'a exténué.
N'en dis rien à ma famille, surtout pas à mon père.
Il faut le préserver de tout ça. Mais moi, je veux
savoir. Il faut que je sache. Qui ? »

Le message était on ne peut plus dépouillé. Le
tremblé de l'écriture trahissait le trouble du scrip-
teur. Même les formules d'envoi et d'amitié en
avaient été bannies. Il avait oublié de signer.
L'émotion, probablement. N'empêche, on aurait
dit une lettre anonyme.

Le lendemain matin, j'étais aux Archives. À pied
d'œuvre dès l'ouverture. J'ouvris fébrilement le
dossier 28B. Jamais les pages ne m'avaient paru
aussi lourdes à tourner. La page 35 enfin. Les
lignes n'étaient pas numérotées. Il fallait compter.
Dix, onze, douze...

Je me précipitai à la cabine téléphonique du rez-
de-chaussée. François Fechner décrocha aussitôt.
À croire qu'il attendait.

« Ça te dit quelque chose, Cécile Armand-
Cavelli ? »

Il y eut un blanc sur la ligne. Quelques secondes
à peine mais qui me parurent interminables. Il ne
répondait pas.

« François, tu m'entends ? C'était qui, pour vous,
cette femme ?

— C'était une cliente, lâcha-t-il enfin.

— Ah... Et maintenant ?

— C'est toujours une cliente. »

À nouveau un silence pesant s'installa entre nous. Mais cette fois j'en étais responsable. Je ne savais pas quoi ajouter, craignant d'être déplacé.

« Mais il t'arrive encore de la voir ?

— Tout le temps. D'ailleurs, au moment où je te parle... »

Sa voix s'étrangla. C'est alors qu'il raccrocha.

4

Huit jours durant, François Fechner ne me donna pas signe de vie. Je le connaissais trop pour y voir la marque d'une quelconque désinvolture. Il se retirait pour mieux se rassembler. Je l'imaginais recollant les morceaux. Reconstituant le puzzle par le seul travail de la mémoire quand elle est portée à incandescence. Refaisant le chemin en sens inverse jusqu'à cette funeste journée de décembre 1941 qui l'avait privé à jamais d'une sensation inconnue, cette joie simple et exceptionnelle d'être aimé de ses grands-parents.

Je le respectais assez pour ne pas m'imposer. Après tout, j'avais commis suffisamment de dégâts, inutile d'en rajouter. Mais cette attente commençait à me peser. Une sourde culpabilité montait en moi.

J'aurais dû me douter que quiconque est rattrapé par son passé en conserve un goût de cendres. J'aurais dû savoir qu'on ne touche pas impunément à certaines régions obscures de l'âme, et qu'il faut bien mesurer les risques avant d'y creuser au plus profond. Qu'avais-je bien pu réveiller chez François ? Peut-être avais-je déclenché un traumatisme. Ou une crise de mélancolie.

À défaut de la souffrance, il avait connu la mémoire de la souffrance. Désormais, son désarroi était total. À cause de moi. Je me préparais déjà à assumer mes responsabilités. En cas de malheur. Après tout, nul ne m'avait rien demandé. J'aurais très bien pu laisser les morts enterrer les morts. Tant pis pour moi si j'avais été touché par le rayon mortifère des archives. Je n'avais qu'à résister à leur magnétisme.

Il me fallut attendre un dîner de famille pour retrouver François. Assis en face de moi, il ne laissait rien paraître de son trouble. Un masque impénétrable. Je l'observais en songeant que chaque homme est une énigme. Nul autour de cette table longue de quinze personnes ne remarquait à quel point son visage était hanté. Jamais autant que ce soir-là sa physionomie n'avait ainsi annoncé son âme. Mais il n'y avait personne pour la déchiffrer. Il n'y avait que moi.

Autour de nous, tout le monde s'étourdissait en rumeurs, ragots et futilités. Notre solitude n'en était que plus vaste. J'en étais encore à baisser les yeux quand je croisai son regard, trop conscient de ma faute. Quand je le soutins enfin, c'est lui qui détourna les yeux. La faute avait changé de camp.

Elle était mutuellement pardonnée. Nous étions des connivents.

Je prêtais l'oreille quand un oncle raconta qu'il venait enfin d'acheter une maison de vacances. Lorsqu'on lui demanda dans quelle région elle était située, il ne répondit pas qu'elle se trouvait dans le Midi, comme je m'y attendais :

« En zone libre. »

Il le dit avec un tel naturel que nul ne s'en étonna, à l'exception de François et de moi. Nous nous regardâmes, interloqués. Il remarqua certainement notre surprise.

« C'est plus sûr, sait-on jamais, si ça recommence... », ajouta-t-il dans un sourire.

Au dessert, la table ressemblait à un champ après la bataille. Son délicat ordonnancement n'était plus qu'un lointain souvenir. La conversation avait une fois de plus dérapé autour de ceux-qui-ne-nous-aiment-pas. Une belle-sœur, aussitôt appuyée par l'assemblée, s'était scandalisée qu'un Juif eût le goût et la lâcheté de conduire une voiture allemande. Que ne s'était-elle aventurée dans les sous-sols de la Bourse aux diamants, à Anvers ! Un embouteillage de Mercedes y témoignait en permanence de ce qu'ils n'étaient pas très rancuniers. Ce genre d'argument était encore trop subtil pour l'heure. On en était déjà à s'interroger sur la dernière rumeur en date : la clef de contact des Volkswagen. Aviez-vous remarqué ce qui y était gravé sous le monogramme ? Les lettres A H, initiales d'un caporal autrichien assez antipathique à notre endroit.

Pour l'une et pour l'autre marque, la question du boycottage fut évoquée au même titre qu'un acte de mémoire. Comme je me taisais ostensiblement, un oncle sollicita mon avis. Par prudence, il me demanda de ne pas suggérer à la famille de passer ses prochaines vacances dans la Forêt-Noire, ainsi que je le faisais parfois par provocation. Alors tout en m'efforçant de rester serein, je leur proposai de quitter le terrain si pratique de l'Allemagne pour rejoindre celui, tellement plus inconfortable, de la France.

Pour être conformes aux canons de leur morale, il ne leur restait plus qu'à exclure tout ce qui dans notre pays s'était si bien accommodé de la présence allemande, des idées des nouveaux messieurs de Paris ou de Vichy, du bannissement des Juifs de la société, bref de l'air du temps de ces années-là. Tout, les voitures portant le nom de Louis Renault, les films avec Arletty ou Albert Préjean, les romans de Drieu la Rochelle, les pièces de Sacha Guitry, les grands restaurants, Maxim's en tête, les expositions de Vlaminck, l'ordre des médecins, les fabricants de cosmétiques, la police nationale qui procédait aux arrestations et la gendarmerie qui gardait les camps d'internement, que sais-je encore. Une telle liste était sans fin. J'aurais pu tenir une heure ainsi.

Plus je poursuivais mon énumération, plus je sentais monter la tension. Toute la table me regardait avec des yeux de carpe farcie. De toute évidence, je ne suscitais pas l'admiration. Mais j'étais lâché dans l'arène, moi qui avais toujours refusé d'y mettre les pieds, et rien ne pouvait m'arrêter. Je me tournai vers la plus agressive des militantes pures et dures de la mémoire, de celles qui confondent exigence et sectarisme.

« Tu as une photo de toi dans ton portefeuille ? » lui demandai-je.

Surprise mais pas décontenancée, elle ouvrit son sac et me tendit, comme je l'espérais, une bande de quatre portraits d'elle réalisés dans un supermarché.

« Sais-tu ce qu'a fait Photomaton en 1941 ? Cette société a proposé ses services aux autorités allemandes pour leur permettre de mieux ficher les Juifs. Parfaitement. Elle a fait valoir son expérience, ses compétences et ses moyens pour emporter le marché. Je suppose que tu ne vas plus jamais te faire photographier par eux... »

Elle reprit la bande et la remit rageusement dans son sac constellé de monogrammes, sans dire un mot. Je la tenais, je ne la lâcherais plus.

« Et ton sac ! Ah, ce merveilleux sac, si distingué ! Sais-tu que le propriétaire de cette éminente maison... »

Je m'arrêtai net en croisant le regard de notre oncle. Il n'avait pas eu besoin d'élever la voix. Tout en lui me disait « Ça suffit », et m'intimait de retourner à la réserve dont je n'aurais jamais dû sortir. Pourtant je ne voulais vexer personne. J'entendais juste les pousser dans leurs retranchements, les acculer dans leur logique, les mettre face à leurs contradictions pour qu'ils prennent eux-mêmes la mesure de ce que leur attitude avait d'absurde. Si leur éthique n'était pas à géométrie variable, en fonction de leurs intérêts du moment, ce n'est pas tel ou tel produit qu'ils boycotteraient mais toute la France. Car au fond, c'est bien à la France qu'ils en voulaient. Au moins l'Allemagne de Hitler avait-elle toujours annoncé la couleur. Elle ne les avait pas trahis alors que la France, en laissant l'État mettre la République entre parenthèses, avait vendu son âme au diable sans prévenir personne.

J'étais disqualifié. Mon mauvais esprit, mélange à deux temps dans lequel on trouvait un goût prononcé pour la provocation et une dilection certaine pour le paradoxe, m'avait mis hors jeu. De loin, François Fechner compatissait. La longueur de la table nous séparait. Tacitement, nous réduisîmes la distance.

Je ne sais plus lequel se rapprocha de l'autre. Il m'entretint d'emblée de la seule chose qui nous intéressait, notre affaire.

« Ton histoire m'a laminé, fit-il doucement.

— Ce n'est pas mon histoire, c'est la tienne.

— C'est vrai, reconnut-il. Tu en as parlé à quelqu'un d'autre ?

— Personne. Et toi ?

— Personne. »

Il m'observa pendant que je tendais mon verre à

son père, sommelier d'un soir. Nous le regardâmes s'éloigner sa bouteille de margaux à la main, puis François se retourna vers moi avec un léger sourire non dénué de perversité.

« Tu ne me demandes pas qui ? »

Il se doutait bien que je brûlais de savoir qui était cette cliente. Que je n'osais pas. Que j'étais paralysé par une politesse d'un autre âge. Que je mourrais à petit feu, rongé par cette intense curiosité refoulée plutôt que d'être indiscret vis-à-vis de lui, moi qui l'étais si souvent avec tous dans mes enquêtes biographiques.

« Elle a sensiblement le même âge que mon père, environ soixante-quinze ans… »

Il but un peu de vin comme pour mieux chasser de sa gorge une boule qui faisait obstacle à son récit. Puis il reprit d'un ton mieux assuré :

« Elle est fleuriste. Sa fille lui a succédé au moment où j'ai succédé à mon père. Mais comme nous ils travaillent encore ensemble. Tu sais ce que c'est, cette race de commerçants qui mourront à la tâche parce qu'ils n'ont jamais rien fait d'autre de génération en génération… Voilà. »

Avait-il fait exprès ou s'était-il laissé submerger par l'émotion ? Toujours est-il qu'il avait oublié ce que je pressentais être l'essentiel.

« Tu ne m'as pas dit où se trouve leur magasin ?

— 52, rue de la Convention.

— Mais c'est… »

Il ne me laissa pas le temps de réfléchir. Ni de me tromper. Ou de jouer au plus fin.

« C'est exactement en face des Fourrures Fechner. Je les vois le matin en ouvrant, le soir en fermant. Nos familles entretiennent d'excellentes relations de bon voisinage depuis trois générations. Et… »

François s'interrompit un instant lorsqu'un de ses fils vint lui demander l'autorisation d'allumer le poste de télévision. Quand l'enfant repartit, il reprit, non sans se retourner vers le buffet :

« … Et il n'y a pas de raison que cela s'arrête. Tu vois ce bouquet dans le vase, je le lui ai acheté tout à l'heure. Elle prend ses manteaux chez nous, on prend nos fleurs chez elle.

— Mais tu lui as parlé ?

— Non.

— Tu lui parleras ? »

Il me regarda d'un œil sombre, le sourcil sévère. Se leva. Fit les cent pas comme s'il était soudainement envahi par une démangeaison nerveuse. Revint quelques instants après à la table que je n'avais pas quittée. Alors, sans s'asseoir, il approcha ses lèvres de mon oreille et murmura :

« Après ton appel, j'étais fou de rage. Je suis entré dans son magasin. Elle était seule. Je l'aurais volontiers étranglée. Je suppose que ça se voyait. Au lieu de quoi, je l'ai fixée en silence droit dans les yeux pendant des minutes qui ont dû lui paraître des siècles. Au début, elle a fait l'étonnée. Mais au fur et à mesure de l'épreuve, elle s'est défaite. J'ai lu sa vie dans son regard. J'y ai vu son crime. Puis elle a baissé les yeux.

— Ensuite ?

— Maintenant, elle sait que je sais. En ne se délivrant pas de sa faute, cette femme s'est obligée à vivre avec jusqu'à sa mort. La faute ou l'offense, appelle ça comme tu veux. Son esprit sera toujours moins en repos que le mien. Elle porte son châtiment en elle. Pour moi, c'est fini. »

François Fechner ne souhaitait pas en savoir plus. En fait, il espérait éviter toute révélation qui eût bouleversé l'ordre des choses. Dans un but, un seul : soustraire son père à la moindre résurgence d'un passé honni. C'est peu dire qu'il le protégeait. Il avait édifié une digue autour de sa mémoire. De temps en temps, quand le journal télévisé évoquait un procès ou un fait divers lié à l'Occupation, elle prenait l'eau. Alors François colmatait les brèches et tout rentrait dans l'ordre.

Pourtant, son père ne lui avait rien demandé. Même entre eux ils n'en parlaient pas. Mais c'est ainsi qu'il avait interprété ses silences. Comme un refus d'éclairer la nuit de sa vie.

François m'avait repassé le témoin tel un bâton merdeux. Libre à moi de poursuivre la course jusqu'à son terme, ou d'y mettre fin définitivement. « Tu as le choix ! » m'avait-il lancé en me quittant ce soir-là après la fête. Il ne l'avait pas dit sur le ton du défi, mais plutôt dans un soupir. Il s'était soulagé du fardeau. Qu'allais-je en faire ? L'heure n'était plus aux états d'âme, aux cas de conscience, ni aux remises en question. J'avais dépassé tout cela car j'étais dépassé par tout cela. Je ne me demandais même plus si je pouvais violer à nouveau un secret, et de quel droit.

Je voulais savoir. Il fallait que je sache. Jamais je ne me serais pardonné d'avoir entrevu le mal absolu et d'avoir fermé les yeux. Qu'importe s'il était innommable. Il ne tenait qu'à moi de fixer cette vision fugitive. Ou de la diluer jusqu'à ce qu'il n'en reste qu'un dépôt informe.

Parfois, mon obsession tournait à l'hallucination. Je ne parlais plus que de cela, creuser en nous ce que la part d'ombre a de plus obscur. Je me rejouais la scène que François m'avait racontée. Et je l'imaginais, lui, dévisageant cette femme si intensément qu'un regard se serait scellé dans l'autre jusqu'à le désintégrer.

Dans mon esprit, il n'était pas question de vengeance. Peu m'importait qu'elle fût châtiée. Je n'avais pas l'âme d'un auxiliaire de police, ni d'un procureur. Encore moins celle d'un justicier. De toutes parts, j'entendais : il faut pardonner, il y a un temps pour la repentance... Mais qui étais-je pour pardonner ? Seules les victimes en auraient eu le pouvoir. Elles n'étaient plus là pour l'exercer. Elles ne m'avaient chargé de rien.

Je n'étais le porte-voix ni le bras armé de personne. Je ne représentais rien. Mais je tenais le destin d'une vieille dame entre mes mains. Dans ces moments-là, il me suffisait de me rappeler à quoi son attitude ignominieuse avait abouti pour m'ôter toute compassion. Alors mon écœurement était tel que je ne considérais même plus l'âge comme une circonstance atténuante.

Malgré tout, je n'arrivais pas à imaginer qu'elle ait pu envoyer ces gens à la mort juste pour leur prendre leur magasin. D'autres l'avaient fait. Pas elle. Leurs boutiques se valaient. Elle n'avait rien à y gagner. Et puis ça n'était pas son genre, je le savais, je le sentais et cela me suffisait. Pourquoi, alors, si ce n'était pour ça ? J'envisageai tout ce qu'il est possible d'envisager. Pour autant, je ne parvenais pas à comprendre comment, dans le feu de l'action, la conscience avait pu être à ce point occultée.

Je tournais et retournais le problème en tous sens. Mes insomnies reprenaient. Je ne m'endormais que dans l'espoir insensé de passer de l'autre côté de la nuit.

Au réveil, j'avais une certitude : ce que je trouverais m'apprendrait ce que je cherchais vraiment. Ce qui me taraudait de longue date commençait à peine à prendre forme au second plan, derrière la silhouette de cette femme que je n'avais jamais vue. J'avais un pressentiment de ce que cela pouvait être. Quelque chose d'immémorial et d'immatériel. Mais comment le distinguerais-je s'il avait la couleur du vent ?

La pire des issues serait de le croiser, de ne pas le reconnaître et de poursuivre cette quête infinie qui pouvait me mener droit à la folie. J'étais incapable de la moindre concentration. Mon travail en souffrait. Seule une ligne trouvée dans Shakespeare était susceptible de capter toute mon attention et de la caler : quand fond la neige, où va le blanc ?

Lorsque j'en étais là, c'était mauvais signe. Il me fallait me ressaisir, sans quoi je me sentais sombrer.

Un jour, je résolus de rencontrer Cécile Armand-Cavelli. Non pour l'insulter, la frapper ou la dénoncer. Je voulais juste lui parler. L'interroger sur le pourquoi des choses. Le comment m'importait moins. Les questions se bousculaient. Je les notais à la hâte sur mon carnet pour être sûr de ne pas les oublier. Autant brasser du vain : elles étaient d'ores et déjà gravées dans ma mémoire.

En me relisant, je me rendais compte que j'avais consigné tout ce qui me hantait depuis que ma passion de l'histoire s'était superposée à ma fascination pour les années quarante. Tout ce que mes recherches sur l'Occupation avaient fait jaillir en moi de doutes, d'hésitations, d'incertitudes. Tout un monde flou que j'avais mis vingt ans à ne pas cerner. Tout était condensé en quelques phrases. À la réflexion, elles pouvaient aussi bien se résumer à une seule question : dans l'exercice du Mal, qu'est-ce qui relève de la pulsion de mort, de l'instinct de destruction, du désir de domination, de la volonté de pouvoir que tout être a en lui, et qu'est-ce qui découle de la formation morale et intellectuelle, du contexte politique, du milieu, de l'idéologie ? Je ne sortais pas de ce dilemme. Pourtant, son manichéisme me sautait aux yeux. Ça me paraissait primaire mais ça me dépassait. Tout s'y réduisait, même quand les cartes se brouillaient, lorsque par exemple je prenais conscience que chez certains Français l'antisémitisme était une pathologie.

Jamais je n'aurais imaginé qu'un douloureux débat intérieur sur l'inné et l'acquis aurait précédé l'interview d'une fleuriste.

Il me fallait mettre toutes les chances de mon côté. Pas question de l'agresser de but en blanc. Mon plan était des plus classiques : tourner autour en cercles concentriques, me rapprocher progressivement de la cible et ne me dévoiler que lorsque je serais sûr qu'elle ne pourrait en réchapper.

Je commençai par retourner aux Archives. Une pièce me manquait encore pour asseoir ma conviction : la lettre. J'en avais lu des centaines, mais pas la sienne.

Cette fois, je ne mis pas cinq minutes à la retrouver. Ma cote était d'une précision millimétrique. Quand on sait exactement ce qu'on recherche, on ne peut que louer haut et fort la rigueur de l'Administration pour en avoir mesuré les effets.

Une écriture pleine et régulière, des marges aux normes scolaires, un papier d'une qualité qui résiste à l'usure du temps... Ça lui ressemblait bien. Du moins était-ce conforme à l'image que je

me faisais de mon inconnue, cette anonyme qui
l'était de moins en moins.

« À Paris, le 8 décembre 1941

Monsieur,
Permettez à une Française d'accomplir son
devoir conformément aux principes de la Révolution nationale. Les Juifs nous grignotent de nouveau. Ils reprennent du poil de la bête. Ils font du
marché noir à tous les étages. Ils ne paraissent
manquer ni de bons-matières, ni de matières elles-
mêmes. Comprenez bien que nous ne les haïssons
pas. Simplement nous les préférons ailleurs que
chez nous. C'est une question à régler au cas par
cas. Si par exemple vous cherchez la famille Fechner des fourrures du même nom anciennement
établie au 51, rue de la Convention, sachez qu'ils
continuent illégalement à exercer dans un appartement situé au 36 de la rue Lecourbe, escalier B,
6ᵉ étage, porte droite. Il faut frapper deux coups
puis, après une pause, un troisième. Comme vous
le voyez, ces gens-là se méfient. Preuve qu'ils ont
beaucoup à se reprocher. Il faut les dépouiller au
profit de tous les Français, de manière à leur enle-
ver également leur capacité de nuisance. Dans
notre pays, les sanctions ne sont que pour les
petits. Les gros et les Juifs ont toujours eu la pos-
sibilité de passer à travers les mailles du filet. Nous
avons confiance en vous pour sévir. Sinon les Juifs
nous réduiront à la famine. Les discours ne suffi-

sent plus. Seuls les actes comptent désormais. Lorsqu'une épidémie grave se déclare, on met tout en œuvre pour l'enrayer et la combattre. Les Juifs se moquent de vous. Pourquoi ne pas envoyer les "Israélites français" au pays du judaïsme sans privilège ni distinction? Quant aux Juifs étrangers, mettez-les en camp de concentration dans une de nos colonies car il vaut mieux qu'ils pervertissent nos sujets indigènes que les Français. Cessez de ménager la chèvre et le chou. Sinon, il y aura toujours des victimes innocentes par la faute du racisme juif. N'oubliez pas que l'appauvrissement de la bourgeoisie française coïncide avec les scandaleuses fortunes que ces indésirables font avec leurs louches trafics. Grâce à leurs moyens financiers, ils corrompent tout autour d'eux ; même les gens dits intègres se laissent prendre à l'appât de leur or maudit. Ces gens-là s'enracinent chez nous ainsi que l'ont fait les Fechner et leur tribu de cousins. Si vous tardez à agir, il ne sera plus possible de nous en débarrasser.

Une honnête citoyenne »

Ce n'était ni mieux ni pire que ce que j'avais lu jusqu'alors. Nul besoin d'engager une analyse sémantique pour la situer dans le ton général. Dans la moyenne. Non pas celle des Français susceptibles de partager ces points de vue sur l'évolution de leur pays. Plutôt celle des Français qui allaient jusqu'à écrire des lettres anonymes et n'hésitaient pas à les adresser à qui de droit dans le secret espoir de faire pression et d'assister au triomphe de leurs idées.

La photocopie de document m'étant interdite, je m'empressai de recopier le texte à la virgule près. Un vrai travail de calligraphe tant je ne voulais rien manquer du moindre mouvement qui avait animé cette main à cet instant précis, des hésitations et de la détermination qui en avaient gouverné la rédaction. Cette lettre, je l'avais tellement lue et relue qu'elle était désormais reproduite à l'identique dans ma mémoire mieux que ne l'aurait fait un objectif photographique. Je m'aventurai même à en décalquer soigneusement quelques mots dans l'éventualité d'une expertise graphologique.

Il fallait tout prévoir, à commencer par la contestation. Mais je me savais impuissant à empêcher qu'un jour elle disparût des cartons sans que nul ne sût jamais pourquoi.

Après une plainte, il y aurait eu une enquête. On l'aurait dite égarée, puis volée. Un jour, la Direction aurait annoncé que l'affaire était classée. Certains se seraient répandus sur ma mythomanie. Quelques-uns se seraient demandé si, après tout, cette lettre avait bien existé. Si elle n'était pas le fruit de mon imagination. Si je n'étais pas une nouvelle victime du syndrome de Vichy. Et s'il ne fallait pas, somme toute, reconsidérer tous mes précédents travaux prétendument sérieux à la lumière de ce qui relevait de toute évidence du roman, c'est-à-dire de l'affabulation.

À ces ébauches de scénario du pire, je me rendais compte que j'étais toujours aussi atteint. Peut-être allais-je me fourvoyer ? Après tout, cette lettre n'était pas signée. Rien n'indiquait sa provenance. On ne réveille pas de vieux démons sans preuve formelle. Il était encore temps de faire machine arrière...

Un trombone rouillé me sauva à temps des affres de l'irrésolution. Il tenait une pelure que le travail du temps avait quasiment collée derrière le document. Elle était si fine, si neutre, si discrète que, sans cela, je ne l'aurais probablement pas remarquée.

C'était le double d'une lettre à en-tête de l'État français, ministère de l'Intérieur, Direction générale de la police nationale, Police des questions juives, 8, rue de Greffulhe, Paris VIIIᵉ. Elle était datée du 17 avril 1942.

« Madame,
Suite aux informations dont vous nous avez permis de disposer, l'affaire Fechner a pu être menée à bien par nos services. Ces Juifs ont désormais quitté notre pays. Soyez vivement remerciée de votre action. Comme convenu lors de votre entretien avec l'inspecteur Chifflet, nous n'oublierons pas l'aide que vous avez bien voulu nous apporter.
Veuillez croire à nos sentiments respectueux.

Le Directeur »

Elle était adressée à Cécile Armand-Cavelli, Armand Fleurs, 52, rue de la Convention, dans le XVᵉ arrondissement de Paris.

Je réfléchissais trop. Cela me paralysait. De quoi pouvais-je bien avoir l'air, à faire les cent pas devant la vitrine de cette boutique de fleurs sans oser y pénétrer? Un simple d'esprit. Je n'avais cessé de reculer l'obstacle pour mieux le sauter. Cette fois, je lui faisais face et la peur me glaçait. La peur nue. Moi qui avais eu toutes les audaces pour m'introduire chez des témoins récalcitrants, je me retrouvais immobile, les pieds dans la glaise, pétrifié à l'idée d'affronter une vieille dame à la conscience tachée du sang des innocents.

Finalement, je résolus d'entrer, mais en face.

Monsieur Fechner m'accueillit avec un grand sourire. Il ne paraissait pas surpris de ma présence. À croire que je faisais partie des meubles. Du menton, il m'enjoignit de m'asseoir et d'attendre qu'il en eût terminé avec sa cliente. Je pris au mot son injonction, trop content de surseoir à l'épreuve que je m'étais assignée, d'autant que monsieur Adret, le miroitier, était là. Agenouillé, un tournevis en main, il fixait une psyché qui branlait dangereusement sur son châssis.

La cliente n'avait pas l'air contente. Pas très commode, madame Yadgaroff ne souffrait pas d'être interrompue dans ses récriminations. Son assurance était inversement proportionnelle à sa compétence. Pour être elle-même issue d'une vieille lignée de pelletiers tadjiks, elle s'autorisait à juger de la qualité du travail effectué sur son manteau, n'hésitant pas à en remontrer au commerçant sur un métier qu'il pratiquait depuis un siècle ou deux. Elle discutait l'allonge de ses visons, la manière dont les peaux avaient été découpées en V successifs et même la solidité du clouage. Monsieur Henri, qui était d'une patience légendaire, fit venir le coupeur, un garçon bien sympathique quoiqu'il se présentât son couteau à la main. Il était fondé à faire un sort à madame Yadgaroff mais s'en abstint par respect pour la clientèle. Alors elle contesta l'esthétique des coutures. Monsieur Henri fit venir la mécanicienne. Tournant et retournant son manteau en tous sens, elle trouva même des défauts dans le percalinage et critiqua jusqu'au padou. Monsieur Henri appela la finisseuse.

L'atelier s'était entièrement transporté dans la boutique. Madame Yadgaroff avait réussi à mobiliser toute la société sur son cas. Le miroitier n'en revenait pas. Il avait posé ses outils et, assis en tailleur sur la moquette, assistait au spectacle. Il paraissait sincèrement passionné. Pour un peu, il aurait pris des notes à titre d'expert puisque, selon les mauvaises langues, il n'avait pas parlé à sa propre femme depuis deux ans pour ne pas l'interrompre.

Le fourreur put enfin se réapproprier la parole.

« Chère Madame, votre manteau vous va parfaitement, il est impeccable à tout point de vue. Pour moi, il est terminé. »

95

Et comme chacun autour de lui approuvait Monsieur Henri d'un hochement de tête, la cliente recourut à son ultime argument.

«Peut-être, peut-être... Mais il vous a fallu quatre mois pour en arriver là! Quatre mois, Monsieur Fechner...

— Quand on aime, on ne compte pas, répondit-il placidement.

— Mais vous rendez-vous compte que Dieu a mis sept jours pour créer le monde, et vous, il vous a fallu quatre mois pour me faire un manteau!»

C'était inespéré. À croire qu'il l'avait amenée exprès jusque-là sans trop y croire. Il la tenait enfin. S'aidant d'un geste large du bras et de la main, il dit :

«Oui mais, Madame, vous avez vu le monde, et vous avez vu mon manteau...»

Le miroitier partit d'un tel éclat de rire, les ouvrières pouffèrent si délicieusement, que la cliente rendit les armes. En déposant son chèque à la caisse, elle confirma l'adage préféré de Monsieur Henri, pour qui la femme était un roseau dépensant. Déjà, monsieur Adret se demandait s'il n'avait pas lu quelque chose de semblable dans l'un de ses dictionnaires.

Après le départ de la cliente, Monsieur Henri s'employa à remettre de l'ordre dans le magasin. Il voulait effacer toute trace de la révolution qu'elle y avait provoquée.

«Vous pouvez vous asseoir sur l'autre chaise? Vous m'entendez? Ohé, vous êtes là?...»

J'étais là mais j'étais ailleurs. En face, pour être tout à fait précis. Avec ma cliente, la mienne, la seule qui m'importât. À défaut de la comprendre, je voulais comprendre même si on dit que comprendre c'est déjà excuser. À mes yeux, elle était sans excuse. La teneur de cette lettre, les conséquences de cette dénonciation... Rien à plaider, affaire jugée. Il n'y avait aucune place en moi pour l'indulgence. Mais il me fallait impérativement croiser son regard, ne fût-ce que pour sentir son cynisme, moi qui m'étais toujours senti démuni devant l'inhumain.

Je m'apprêtais à affronter un problème irréductible à l'analyse, à des points de vue, à des mots. Qu'est-ce qui fait qu'un individu normal cède à la peur de l'autre au point de laisser libre cours à son instinct meurtrier ? A-t-il conscience de l'instant où il perd tout sens moral tandis que s'estompe la frontière entre le Bien et le Mal ? Après tout, cette femme n'était peut-être qu'une raciste ordinaire à qui l'époque avait donné des ailes. Et si je me compliquais inutilement la vie en sophistiquant les attendus de son crime au-delà du raisonnable ?

Il est vrai qu'elle avait du sang sur les mains. Un demi-siècle après les faits, je n'imaginais pas qu'il eût séché. L'idée qu'il pût en être autrement me propulsa hors de ma chaise et me fit traverser la rue.

5

Elle se tenait à l'entrée, la main gauche posée sur la poignée de la porte, prête à l'ouvrir. L'expression de son visage était celle d'une guetteuse. Elle paraissait ronger son frein. On aurait dit qu'elle m'attendait.

« Vous en avez mis, du temps ! » me dit-elle sur le ton du reproche.

J'étais autant surpris que déçu. Le quartier est un village, mais tout de même. François Fechner avait dû la mettre au courant. J'étais désemparé car ce n'était pas du tout ce que j'avais prévu.

« Ah ! ils vous ont prévenue...

— Comment cela, "prévenue" ? Ça n'a jamais été aussi long. Je me plaindrai. »

J'étais interloqué. Elle me toisa, avisa le paquet que j'avais sous le bras et mit sa main sur sa bouche, confuse de sa méprise.

« Excusez-moi, Monsieur, j'attendais des médicaments. La pharmacie devait me livrer. Que puis-je pour vous ?

— Des fleurs. Pour offrir. »

Elle m'invita à me promener seul dans le magasin, non par délicatesse, mais pour mieux rester aux aguets, à la porte. Elle se tordait les doigts d'impatience. On aurait cru une droguée en manque. Elle paraissait tellement accaparée par l'arrivée imminente du livreur, cet événement annoncé mobilisait sa concentration avec une telle puissance que je me sentais parfaitement libre de vaquer à mes observations. Pour un peu, j'aurais sorti mon calepin afin d'y noter mes impressions à chaud.

Curieusement, je m'attachai en priorité à son magasin. J'étais pourtant venu pour elle. C'était bien elle qui m'obsédait. Mais comme elle me tournait le dos, je me la réservai pour plus tard. De toute façon, tout me ramènerait à elle.

À défaut d'appréhender directement sa personne, je m'imbibais de son univers. Aucun détail ne devait se soustraire à mon inventaire. Je me prenais pour l'un de ces espions de l'industrie aéronautique qui visitent des usines munis de chaussures aux semelles spécialement caoutchoutées afin d'emporter le maximum d'éléments par adhésion. J'étais devenu une éponge. Mon regard absorbait tout, partout où il se posait.

En me concentrant d'abord sur son royaume, en en photographiant mentalement les coins et recoins comme si l'endroit était à la veille d'un coup du destin qui lui serait fatal, j'entrais en elle par effraction. Je la pénétrais à son insu. Juste pour être l'œil dans sa tombe.

Le lieu n'appartenait à aucune époque. Pendant la guerre, ça ne devait pas être très différent. En fait, ça n'avait pas d'âge. Le progrès, la mode, l'air du temps ne l'avaient pas effleuré. Ils n'y avaient aucune prise. À quoi bon modifier des murs et un sol si harmonieusement faïencés ? On sentait bien qu'ici les dépenses étaient vite jugées inutiles.

Un vrai magasin à l'ancienne, comme on le dirait de n'importe quel commerce de cette rue à condition qu'il restât figé dans une haute idée de la tradition. À ce stade de fidélité au passé, à cette conception de la noblesse de l'artisanat, on comprenait aussitôt qu'on était de plain-pied dans une certaine France.

Un coup d'œil circulaire suffisait. Ce n'était ni un vieux magasin délaissé, ni un self-service désincarné, ni la froide succursale d'une chaîne, ni une boutique inventée par des experts en réclame et mercatique pour flatter le goût du jour.

On était chez quelqu'un. Autrement dit chez une commerçante qui avait imprimé sa personnalité aux lieux après que plusieurs générations les eurent marqués. Ici, on ne trouverait pas de bouquets ronds tout prêts, calibrés au millimètre, montés sur des tiges naines. De ces bouquets conçus comme des produits. Car la fin de siècle avait même réussi cette prouesse d'ôter son âme

101

éternelle à l'antique rassemblement des fleurs dans une main.

Désormais, des concurrents plus jeunes, plus efficaces, plus rapides et certainement plus avisés, donc modernes par définition, exaltaient le culte du prêt-à-poser et de la vitesse d'exécution. Ils se baptisaient maîtres en improvisation végétale. Paradoxalement, ils étaient parvenus à tuer la poésie des bouquets en organisant la réunion des pensées, des renoncules et des anémones comme un impressionniste l'eût fait dans un tableau. L'organisation, c'était justement cela qui faisait problème. Elle avait mis fin à l'un des plus beaux gestes qui fût, l'un des plus naturels, des mains féminines arrangeant des fleurs dans un vase.

Les prototypes de bouquets avaient chassé l'émotion de l'arrangement. La standardisation, maladie du siècle, avait aussi gagné la partie dans un domaine qu'on aurait cru préservé. Le goût d'antan avait abdiqué. Cette défaite des floralies était un signe des temps mais ils ne le voyaient pas. Avec eux, il n'y avait plus de place pour le hasard. La décadence de l'Empire romain avait dû commencer par quelque chose comme ça.

Chez Armand Fleurs, lieu de toutes les fragrances, une odeur dominait les autres jusqu'à les résumer en un effluve unique et indéfinissable. Celui de la nostalgie.

Un doux désordre régnait dans la boutique. L'apprentie ne semblait pas avoir le sens de la durée. Depuis que j'étais entré, dix bonnes minutes s'étaient écoulées et elle était toujours absorbée par la touche finale à donner à une torsade de raphia. Il n'était pas indispensable de laisser traîner le regard sur les étagères pour constater les lacunes que révélaient les vasques. Mais c'était le contraire des boutiques trop parfaites, ces nouvelles échoppes aseptisées où il y avait de tout mais où rien n'était touchant.

Près de la caisse, en hauteur, une photographie m'attira et me força à m'approcher. C'était un beau tirage noir, gris et blanc, d'un format inusité, protégé par un sous-verre et encadré de fines baguettes de bois. J'avais du mal à distinguer la signification des masses et des volumes pris en plongée. On aurait dit des ouvriers travaillant dans une sorte d'usine.

« Ça vous intrigue ? »

La voix de la fleuriste, dans mon dos, me surprit. J'avais presque fini par l'oublier tant j'étais occupé à imprimer chaque détail. Tout en me parlant, elle s'empressa de ranger dans le tiroir ventral un paquet frappé d'un caducée.

« C'est une vue des Halles. Les vraies. Celles de Paris, pas celles de Rungis. Mon père m'y emmenait quand j'étais petite. C'est là que j'ai appris le métier. À quinze ans, à cinq heures du matin. Ça ne s'oublie pas. Enfin, c'est si vieux, tout cela… »

Je m'approchai plus encore, comme si j'allais découvrir quelque indice dans le grain de l'image.

« Vous avez fait votre choix, Monsieur ?

— Pas vraiment. Je suis embarrassé. Je voudrais que ce soit moderne et frais à la fois…

— Si c'est ce qu'on voit dans les journaux, les glaïeuls saumon par bottes de treize et courtes sur pattes, on ne fait pas. Nous, c'est plutôt classique.

— Parfait!

— On est plutôt vase de cristal que pot de fer rouillé et on ne va pas changer parce que…

— Faites comme vous l'entendez, je m'en remets à vous! »

Elle ne se fit pas prier. Tandis qu'elle s'affairait, je la détaillai enfin tout à loisir. Sans éveiller sa suspicion.

Une taille moyenne, à peine enrobée, la démarche encore bien assurée pour son âge, des bijoux rares et discrets, un tailleur de bon goût que ne protégeait nulle blouse ni tablier, une couronne de cheveux blancs ramassés en chignon, une incontestable dignité dans la tenue, une autorité naturelle. Tout en elle évoquait une héroïne mauriacienne qui aurait de longue date transporté sa province à Paris sans en récuser les pesanteurs. À une nuance près. Le visage.

Ce n'était pas tant son regard que sa peau qui me frappait. Je n'arrivais pas à deviner si elle était simplement ridée, parcheminée même, ou plutôt couturée. Il m'avait rarement été donné d'observer un masque aussi étrange. Tant de crevasses, d'accidents, de replis, de méandres. De prime abord, ces traits composaient l'histoire d'une vie. Visiblement, elle n'avait pas été semée de fleurs. On imaginait le chaos qu'elle avait été. À la réflexion, ils constituaient une énigme. Je m'en voulais d'être ainsi fasciné alors que j'avais l'intention d'être dégoûté.

Il ne faut jamais rencontrer les gens qu'on aimerait haïr. Jamais. J'étais venu me mesurer à un monstre froid, je me trouvais confronté à une dame.

Je me repris dès qu'elle s'approcha de moi.

«C'est à livrer, près d'ici. Marie Le Querrec, 110, avenue de Suffren.

— Vous avez une carte de visite?» demanda-t-elle.

Je secouai la tête doucement de gauche à droite sans la quitter des yeux.

«Voulez-vous un bristol pour le mot?»

Je récidivai.

«Mais vous ne marquez rien? Comment saura-t-elle qui...

— Elle ne saura pas. Une vie suffira à peine à épuiser un tel mystère.»

Passé l'instant de surprise, elle épingla un bon sur le papier cellophane et encaissa les billets que je lui tendais.

«C'est comme une lettre anonyme. Sauf que...»

Cette fois, ma remarque l'arrêta net dans sa course, le bras encore enfoui au fond du tiroir à la recherche de monnaie, le regard baissé, fixé dans le vague.

«Sauf que quoi? fit-elle sèchement.

— Sauf que ce sont des fleurs.»

Elle acheva enfin son geste en suspens, leva les yeux vers moi et retrouva le sourire.

« Naturellement. »

Je la saluai aussi courtoisement qu'elle m'avait reçu. J'étais soulagé de l'épreuve, la première. En traversant, parvenu au milieu de la chaussée entre deux files de voitures qui se croisaient à petite vitesse, je fus pris d'une étrange sensation.

À mi-chemin de ces deux magasins qui se faisaient face, je me retrouvais à l'invisible frontière de deux mondes antagonistes. D'un côté, l'animal. De l'autre, le végétal. Chez le fourreur, les miroirs étaient partout. Chez la fleuriste, nulle part.

Sans quitter mon domicile, j'avais en quelque sorte emménagé dans cette portion de la rue de la Convention. Par l'esprit, je m'y étais installé. De fait, je m'arrangeais pour y passer une ou deux heures chaque jour, profitant de la moindre occasion pour y déjeuner ou y faire mes courses. François Fechner m'apercevait de loin mais je préférais l'éviter.

Les premiers temps, je fus aussi discret que possible. Sans me cacher mais sans m'exposer non plus, je traînais le plus souvent dans les parages d'Armand Fleurs. J'essayais de deviner la vie quotidienne de celle que François Fechner n'appelait plus que « la cliente », comme s'il n'y en avait jamais eu d'autre. L'enquêteur en moi avait repris le dessus sur le biographe.

Elle ne travaillait plus que le matin. Arrivée peu

après l'ouverture, elle vérifiait le fond de caisse, prêtait main-forte à l'apprentie débordée, répondait au téléphone. On lui demandait son avis sur les achats. Non par souci de ménager un reste d'orgueil mais pour en tenir compte. Elle possédait un œil, un nez, un toucher bien à elle, toutes choses acquises par l'expérience. Il s'en dégageait une sorte de goût qui impressionnait toujours les stagiaires de l'École de l'Ile-de-France. L'après-midi, elle allait chercher ses petits-enfants au cours tout proche pour les ramener à la maison. Sur le chemin, elle leur achetait un goûter à la boulangerie de l'angle. Le mercredi, on ne la voyait guère. Elle restait avec eux. En prouvant son utilité, elle existait encore.

Je me la rendais humaine. Cette livraison urgente de la pharmacie, ce n'était peut-être pas ce que je croyais, des médicaments destinés à soigner une maladie inavouable. Il pouvait s'agir simplement d'aspirine, dont on dit que les fleuristes font une grosse consommation, du moins ceux qui croient prolonger la vie des roses par des comprimés noyés dans l'eau des vases. Des comprimés plutôt que des glaçons, ça devait lui ressembler. D'ailleurs, elle n'aimait pas qu'on touche ses fleurs pour un oui ou pour un non. Elle prétendait même que, lorsqu'on les bouscule inconsidérément, les roses montrent des signes de détresse.

Je l'imaginais chez elle, seule le soir. Quand elle écoutait de la musique, c'était sûrement pour être un peu mieux malheureuse. Un petit appartement aux rideaux tirés, un mobilier qui avait dû paraître cossu, des tapis de qualité jamais réparés, des moulures estompées dans leur crasse, un cachet qui tient d'abord à la patine des temps, une amie venue prendre le thé, leur conversation sous la lampe, quelque chose de confortable et de médiocre à la fois, la bourgeoisie française figée dans l'éternité.

Sa fille avait repris les rênes du magasin. L'une et l'autre étaient sans mari. En fait, la plus jeune était un duplicata, en moins accentué. Elles se ressemblaient en tout point, sauf un. La peau du visage. Ce n'était pas une question d'âge. C'était autre chose. Dans le quartier, on appelait la mère madame Armand, et la fille madame Cavelli. Seule la première était identifiée au magasin. Le privilège de l'ancienneté, probablement.

Je n'eus aucun mal à soutirer des renseignements à la bouchère, égout à confidences. Je parle donc je suis... Elle avait le verbe pathologique. Un flot intarissable. Tout n'était pas également passionnant. Un tri s'imposait. Au bout d'une heure, des pépites surnageaient du tamis. C'est auprès d'elle que je m'informai sur leur vie privée.

La fille avait divorcé comme tant d'autres de sa génération, sans même atteindre le cap des dix ans de mariage. Après tout, ce n'était qu'un contrat. Elle l'avait rompu une première fois le jour où elle avait compris qu'elle n'admirait plus son mari. L'illusion des premiers temps ne résista pas aux ivresses de la double vie. Elle le déchira définitivement quand il perdit sa situation.

La mère, c'était plus flou. Plus ancien aussi. Quand son enfant était toute petite, plusieurs années après la Libération, son mari les avait abandonnées. Était-il passé devant un juge? N'avait-il rien exigé en échange de son nom maintenu sur l'enseigne? À vrai dire, on l'ignorait. Les gens du quartier, les plus âgés, se souvenaient simplement qu'à leurs débuts ils n'y seraient pas arrivés sans sa dot. Toujours est-il qu'un matin Georges Armand disparut de la circulation. On disait qu'il avait refait sa vie aux colonies, qu'il avait changé de continent pour ne plus jamais entendre parler d'elle, mais on dit tant de choses quand on ne sait pas.

Parfois, j'entrais dans la boutique pour rien ou presque. Pour faire de la monnaie, acheter une rose baccarat, demander un renseignement.

Une fois, je cherchai une teinturerie dont je connaissais parfaitement l'adresse et la localisation. Mais cela me permit de la lui faire écrire sur un papier que je m'empressai d'empocher.

Je voulais qu'elle s'habitue à moi. Faire partie des meubles, il n'en était pas question. Cela prendrait trop longtemps et j'avais hâte de savoir. Il me fallait plutôt appartenir au paysage puisque j'avais le fol espoir de gagner sa confiance. Comment s'ouvrirait-elle autrement?

J'étais naïf. Ou inconscient.

Au bout de quelques semaines de ce lent processus d'incrustation, je me ressaisis. Ce jour-là, mû par un instinct puissant, j'abandonnai ce bout de XVe arrondissement pour me rendre dans le Marais. Sans but précis, sans rendez-vous d'aucune sorte mais avec une farouche détermination : me remettre l'esprit en place.

Je passai l'après-midi au Mémorial du martyr juif inconnu, moins pour les textes qui m'étaient déjà familiers que pour les photos dont je m'étais le plus souvent détourné. Mes recherches m'ayant toujours imposé de me confronter aux écrits, je m'étais dispensé de me mesurer aux images. En vérité, je n'avais jamais eu le courage de croiser le regard des internés, des déportés, des gazés. Ils me paraissaient insoutenables. Cette fois, j'avais décidé de les affronter, longuement et profondément, en y consacrant tout le temps nécessaire.

Après cela, on ne doute plus qu'une image puisse remplacer dix mille mots. En fixant leurs yeux exorbités, j'ai eu une idée de ce que pouvait être la détresse la plus nue. De ce sentiment d'effroi naît une conscience aiguë de la solitude absolue. Ce genre de rencontre abolit tout commentaire. Il le rend superflu. Et plus encore, indécent. Il ne reste qu'à méditer pour soi. Quand on en vient à se reprocher de ne pouvoir exprimer l'ineffable, c'est signe qu'il est temps de se taire.

Une heure plus tard, j'étais une loque. Honteux et coupable, non d'avoir survécu au crime mais de ne pas user de la même violence pour le faire avouer. Je m'en voulais de réprimer à ce point ce qu'il y avait en moi de bestialité. Cet endroit était hanté. Ceux qui cherchaient une seule bonne raison d'être juif en auraient trouvé là six millions.

Je m'arrêtai dans un café pour boire et relire la copie de sa lettre de dénonciation. Puis je sortis le morceau de papier sur lequel j'avais fait écrire une adresse à madame Armand. Nul besoin d'être graphologue : je relevai l'évidente parenté avec le document que j'avais décalqué aux Archives.

Je relus la lettre à nouveau. Quand j'en eus mentalement imprimé chaque phrase, chaque mot, chaque signe, et que j'en eus absorbé le moindre mouvement et la plus insigne inflexion, je n'étais plus qu'un bloc de haine.

Elle était seule au magasin, comme souvent à cette heure. J'entrai d'un pas décidé.

«Bonjour, cher Monsieur! Ce sera quoi, aujourd'hui? me lança-t-elle sur le ton de la plaisanterie. Une gerbe de Monna Lisa, un stylo, l'heure qu'il est?

— Des chrysanthèmes.»

En parfaite professionnelle, la commerçante adapta sa mine à la mienne. C'est tout juste si elle n'exprimait pas sa compassion.

«Celles qui nous restent sont indignes, fit-elle d'un air désolé. Vous ne voulez pas des œillets à la place?

— Qu'importe, du moment qu'elles tiennent bien au soleil.

— À qui doit-on livrer? demanda-t-elle.

— Fechner, allée des Séphoras, à Bagneux.

— Ça s'écrit comme ceux des fourrures?

— Pareil. D'ailleurs, c'est la même famille. Vous les connaissez ?

— Bien sûr, depuis le temps... L'été, je mets mon vison en garde chez eux. Chaque fois que j'ai offert un manteau à ma fille, ça venait de là-bas. Je suis une bonne cliente. »

Elle ne croyait pas si bien dire, elle que je considérais comme leur seule et unique cliente, à l'exclusion de toutes les autres. Elle se relut, hésita.

« Il manque le numéro de la rue...

— 100ᵉ division.

— C'est curieux comme adresse...

— Pas pour une tombe. »

Elle fronça les sourcils. Un léger trouble s'installa. L'épiant du coin de l'œil, je me tenais prêt à enregistrer ses moindres vacillements. J'avais l'avantage et j'étais bien décidé à l'exploiter.

« C'est l'anniversaire de la mort des parents de Monsieur Henri », dis-je avec toute la gravité requise.

Est-ce cette évocation qui fit déraper son couteau ? Toujours est-il qu'elle s'entailla le pouce. Un mince filet de sang s'échappa, qu'elle tenta de colmater avec un mouchoir en papier. Mon premier mouvement fut de l'aider mais je le réprimai aussitôt. Je n'allais tout de même pas m'attendrir sur son sort. Sa réflexion ne me le fit pas regretter

« Je les croyais morts en déportation, ceux-là. »

Ceux-là... Ces deux mots, si anodins, avaient suffi à défigurer celle qui les avait employés. Prononcés sur le ton du dégoût maîtrisé qu'affectent les gens convenables, ils trahissaient toute l'arrogance dont je la soupçonnais vis-à-vis des gens d'en face. Plus que le cynisme, obscène en la circonstance, ils suintaient le mépris. Je m'en serais voulu d'être resté sans voix. Il fallait répondre, quitte à paraître pompeux.

« Vous savez, même les morts sans sépulture ont droit au souvenir. Eux plus que d'autres. Les oublier, ce serait les tuer une seconde fois...

— Cent quarante francs plus trente-cinq francs de livraison. »

Sa froideur métallique me stupéfia. Au lieu de me clouer sur place, sa repartie me galvanisa. J'étais prêt à tout lui déballer. À ne rien lui épargner. Je ne doutais plus, moi qui n'avais ce jour-là d'autre intention que de l'obliger à honorer la mémoire de ceux qu'elle avait envoyés à la mort. Pas question de la lâcher ni de desserrer la pression. Il suffisait de maintenir le garrot.

Ceux-là... Elle avait prononcé deux mots de trop. L'arrivée inopinée de sa fille me fit surseoir à l'exécution. Car telle était bien mon intention désormais. Non pas la tuer d'un geste inconsidéré, car je ne me voyais pas passer les vingt prochaines années entre quatre murs. Ni la liquider lâchement, ni l'assassiner avec préméditation, mais l'exécuter froidement. Sans violences, sans traces, ni preuves, ni rien. C'était une porte étroite, mais ouverte. Simplement, quand je l'aurais quittée, elle aurait eu la mort en elle. J'aurais été incapable d'expliquer la différence à quiconque, mais je me comprenais et c'était bien là l'essentiel.

À l'instant de laisser madame Armand, je la fixai avec intensité. À mes yeux, elle était désormais une condamnée en sursis. Ce n'était plus qu'une question de jours. Son pouce ne saignait plus mais deux gouttes s'étaient échouées sur l'enveloppe. Le début du nom des Fechner était brouillé, rouge de son sang.

Ma conviction était faite. Elle savait et gardait le secret. Mais que sait-on d'une histoire intime lorsqu'elle est faite de silences ? Qu'importe, pour une possédée, elle dominait bien ses désordres intérieurs. Il me fallait la déstabiliser psychologiquement afin que sa capacité de résistance s'amenuise et que, le moment venu, elle s'abandonne enfin. Il n'y avait pas d'autre moyen de lui faire crever l'abcès. La réussite de mon entreprise dépendait de la synchronisation. L'aurais-je attaquée prématurément qu'elle se serait braquée et j'aurais tout ruiné.

Désormais, je suivrais son ombre à la trace. Le rythme de son pas me serait plus familier que le mien. La cadence de son souffle deviendrait ma musique intérieure. Quand je l'aurais enfin en moi corps et âme, je n'aurais plus qu'à m'arrêter de respirer pour la faire passer de vie à trépas. Le crime parfait maquillé en suicide schizophrénique.

En remontant la rue de la Convention battue par les vents, je me sentis regonflé à bloc. Pour développer sa paranoïa, pour instiller le doute en elle tel un poison dans son sang, j'étais décidé à

114

pratiquer un harcèlement systématique de jour comme de nuit. À multiplier les menaces anonymes. Qu'elle sache à son tour ce que c'est que de ne pas savoir.

Je m'arrêtai devant la vitrine d'un magasin. Une glace me renvoya l'image d'un pervers prêt à tout. À cause de « ceux-là ».

Les jours suivants, j'agis comme prévu. À minuit, je lui téléphonai et raccrochai aussitôt qu'elle décrocha. Puis je recommençai à trois reprises. À minuit et demi, je restai en ligne, écoutant ses « Allô ? Allô ? » tragiques et désespérés. Je ne lui offris même pas le réconfort d'une voix déguisée ou d'une identité travestie. Au bout du fil, il ne devait rien y avoir de reconnaissable, rien de concevable, rien d'humain. Rien que la nuit sur la ville, la solitude et l'angoisse de ne rien savoir de cette présence derrière le téléphone.

Le lendemain, je recommençai à l'identique. Mais ce devait être pire. Pour augmenter ses doutes je lui avais envoyé le premier d'une série de messages anonymes dont j'avais découpé chacune des lettres dans des journaux.

Elle devait en recevoir deux par jour, à chaque courrier. Chacun était très bref. Je choisissais mes citations pour leur caractère énigmatique. Plus c'était indéchiffrable, plus ça la pousserait à essayer de comprendre. Afin d'ôter toute béquille à son intelligence, je supprimai jusqu'au nom de l'auteur. La phrase devait être nue. En la désin-

115

carnant, je la dépouillais de tout ce qui la rattachait encore à la société des hommes. Elle n'avait pas d'origine. L'expéditeur était également inconnu. Seule la destinataire avait encore assez d'esprit pour le perdre et des yeux pour pleurer.

« Ni avec vous ni sans vous »... « La démence ne peut plus servir d'excuse quand elle fait commettre des crimes »... « Chacun de nous est un désert »... « Le suicide, ce n'est pas vouloir mourir, c'est vouloir disparaître »... « L'anxiété est un acide violent qui corrode l'âme tout entière »... « Chacun expie son premier instant »... « Attendre la mort, c'est la subir »...

Je voulais lui glacer le sang, rendre sa vie invivable, désarmer son âme. Qu'elle parle, qu'elle dise tout, qu'elle explique enfin l'inexplicable.

Si j'en croyais les témoignages recueillis auprès des commerçants du quartier, à commencer par les Fechner, elle n'avait rien d'une raciste, d'une haineuse, d'une jalouse. On ne lui connaissait aucune attache politique, pas plus aujourd'hui que pendant la guerre. Rien de ce qui avait fait l'ordinaire de la délation. Cela ne pouvait être autre chose. À moins que ce ne fût un peu de tout cela à la fois. Ou cela et rien de plus. Toutes les vérités se bousculaient sans que je parvienne à distinguer laquelle serait la pire.

Je me surpris à éprouver une certaine volupté en imaginant sa douleur. Ce bien dont on souffre, ce mal dont on jouit... C'est fou comme l'expérience s'acquiert vite dans ce genre d'exercice. On aurait dit que j'avais de longues années de pratique derrière moi. Au téléphone, je n'étais plus qu'un halètement dont la maîtrise devait la rendre malade. Au ciseau, je composais des messages qui auraient dérouté plus d'un expert. On n'en ferait jamais trop contre elle. Plus que méchante, elle devait être mauvaise. Elle l'était certainement. Elle l'était.

Cette femme n'appartenait pas à la catégorie des gens prêts à vous donner l'heure dans la rue, mais à celle à qui on ne la demande jamais. Elle méritait de finir dans la désolation. Son angoisse ne devait connaître aucun répit. La stratégie de la tension permanente, que je voulais mener crescendo, me forçait à raffiner de nouvelles tortures.

Je m'inquiétai. Mon rôle commençait à me plaire. Le jour où je jugeai nécessaire de réapparaître, j'emmenai avec moi un ancien déporté auquel j'étais lié de longue date.

« Maurice, mon vieux Maurice, tu connais ma conception de l'amitié? lui demandai-je.

— Dis toujours…

— Un ami, c'est quelqu'un que tu peux réveiller en pleine nuit pour lui demander de t'aider à transporter un cadavre et qui le fait sans poser de questions.

— Alors, il est où? » demanda-t-il sans s'affoler.

Un quart d'heure après, Maurice franchissait le seuil du magasin tandis que je restais sur le trottoir à l'observer, le nez collé à la vitrine. Tout se passa exactement comme nous l'avions prévu.

117

Il commanda une douzaine de tulipes. La fleuriste les lui fit apporter par l'apprentie. Lorsqu'il donna l'adresse de son domicile pour la livraison, il ajouta qu'il y avait un code à l'entrée. Sans plus de précision. Alors, quand madame Armand lui en demanda le numéro, il tendit le bras et lui mit sous le nez les chiffres tatoués sur son avant-bras. Elle ne pouvait même pas s'échapper car il la coinçait entre la caisse et le mur du fond.

Je ne sais plus combien de temps dura la scène, mais je me souviens qu'elle me parut interminable tant la tension était forte. Il fallut que madame Armand se dégage de force pour se soustraire à l'empire de son geste et pour qu'il baisse enfin le bras. L'apprentie était pétrifiée. Le braquage du magasin par un homme en cagoule eût produit moins d'effet. D'ailleurs Maurice se retira à reculons sans quitter des yeux la vieille femme blême, tel un gangster. Sauf qu'il n'emportait rien.

Madame Armand nous a vus repartir ensemble au bout de la rue. Je ne pourrai plus jamais acheter de fleurs chez elle.

6

Il fallait que j'en parle à quelqu'un. Parler de tout ça, parler d'elle. Ce ne pouvait être avec François Fechner, trop concerné par cette histoire. Je me hasardai devant son magasin. Le nombre des clientes me dissuada d'entrer.

À force de traîner chez les commerçants à les observer, je devais passer pour un parasite. Ils n'en continuaient pas moins à m'accueillir chaleureusement. Quand l'épicier marocain m'apercevait, il me saluait à grand renfort de « Salut Rothschild ! » auxquels je répondais rituellement par un « Salut Arafat ! », mais le débat idéologique en restait là.

Je fis un crochet par le Beaupré. Le café semblait à moitié vide. C'était trop tôt. Je cherchais le miroitier. Il était à sa boutique.

« Tiens, tiens... »

Au ton par lequel il me reçut, je déduisis que j'étais le bienvenu. Cela devait être assez exceptionnel, s'il fallait en croire la rumeur publique. On disait qu'il enviait ceux qu'il honorait de son amitié.

Sans bouger de sa table de travail, sans même lâcher l'outil avec lequel il biseautait une glace, l'artisan me fit signe de m'asseoir à côté de lui. Un simple coup de genou fit taire la radio.

Il ne me regarderait pas avant d'en avoir terminé avec son ouvrage. Il aimait tellement ce qu'il faisait qu'il aurait pu exercer gratuitement. Non par désintéressement mais parce qu'un créateur n'est vraiment libre que lorsqu'il n'a pas à gagner sa vie avec son art. Il leva enfin les yeux.

« Dans dix minutes, je vous sers le vin de la vigne. Il sera à point. Car boire un muscadet pas frais, c'est risquer d'avoir toute la journée un faux pli dans le jugement, ce qui serait fâcheux. »

Nous commentâmes l'actualité politique française. Dans le fol espoir de quitter de telles hauteurs, je me lançai dans un développement sur les rapports entre l'introduction du chocolat en Occident et l'avilissement de la nation espagnole. Comme il était amateur de citations détournées, il avait pu lire le *Traité des excitants modernes*. Rien à faire. Ce jour-là, même Balzac ne l'aurait pas fait renoncer à la politique. Ce fut donc l'occasion d'un échange de vues définitif sur l'abaissement de la vertu civile, la dégradation de la chose publique et l'irresponsabilité du personnel parlementaire.

Manifestement, monsieur Adret se tenait au courant en continu. Il écoutait les informations en boucle toute la journée. Nombre de nos concitoyens sont d'ailleurs, comme lui, renseignés à flux tendu sur l'état du monde. Jusqu'à présent, je n'avais mesuré les effets de cet étrange phénomène que sur des cortex de chauffeur de taxi. Or, j'allais vérifier que les dégâts étaient aussi considérables sur tous les cobayes, qu'ils fussent mobiles ou statiques. Son état pouvait inspirer quelque inquiétude à qui ignorait l'origine du désastre. En fin d'après-midi, il aurait mérité la métaphore météorologique par laquelle le Général résumait Malraux. Brumeux, avec quelques éclaircies.

Sans être bavard, il avait une dilection pour la conversation telle qu'on devait, selon lui, la pratiquer au Grand Siècle. Il entendait la réhabiliter non comme un échange de paroles mais comme un art de vivre. Je m'en plaignais d'autant moins que j'en recueillais les fruits.

De mon point de vue, son magasin occupait une position stratégique. Situé au carrefour, à équidistance du fourreur et de la fleuriste, il avait été le témoin de leurs heures et de leurs jours. Un frisson me parcourut quand je pris conscience que mon miroitier était le seul reflet de l'intime tragédie qui liait secrètement les Fechner et les Armand-Cavelli depuis deux générations. Sauf que ce reflet-là avait une propriété qui le rendait unique. Il absorbait autant qu'il renvoyait les images. Toute l'histoire de ce morceau de rue avait défilé devant ses glaces.

Monsieur Adret leur ressemblait. Il savait se

taire, et taire ce qu'il savait. Parfois, il réfléchissait. Le plus souvent, c'était un homme sans tain.

La première fois que je l'avais rencontré, il m'avait ébloui. Cette fois, j'attendais de lui qu'il m'éclaire. Il semblait soucieux. Je ne savais trop comment l'amener sur le terrain de la guerre sans que cela parût suspect. Le mieux était encore de flatter sa passion du langage, son goût pour les mots d'esprit et le plagiat.

«Vous ressemblez à Paris en 1939, lui dis-je.

— Ah... Mais encore?

— Vous avez l'air préoccupé...»

Il esquissa un sourire. En d'autres temps, c'eût été un franc éclat de rire. L'artisan se pencha sur une table de travail réservée au rompage du verre. Il bouscula équerres et pinces, pesta contre une tournette à découper les ellipses, pour finalement trouver dans la poche de sa blouse ce qu'il recherchait partout ailleurs. Un simple coupe-verre, l'outil sans lequel il n'était rien. Puis il revint à sa place initiale.

Son monde n'appartenait qu'à lui et à lui seul. C'était un citadin acharné. Quand sa femme réussissait à l'emmener à la campagne, il souffrait de dépression agricole. Il ne se sentait bien qu'à Paris, et mieux encore qu'en son arrondissement.

Ce jour-là, son univers intérieur était matérialisé par un quelconque miroir ébréché, un de ceux qui ont conservé la mémoire des gestes qui l'avaient façonné, cette trace intime et secrète des mains qui lui avaient permis de renaître de ses éclats. Un doucisseur, qui s'employait à polir une glace dans la petite pièce voisine, vint nous interrompre pour solliciter son expertise. Puis il nous laissa à notre bavardage.

Après bien des contorsions, je réussis à l'amener à madame Armand. Il fronça les sourcils. Mon insistance l'embarrassait. Elle finissait même par l'ennuyer sérieusement.

« Quand on visite son magasin, on imagine qu'elle ne doit pas être votre meilleure cliente, hasardai-je.

— C'est le moins qu'on puisse dire. Elle n'aime pas trop ça. De toute façon, c'est quelqu'un d'oblique. Je l'ai vue une fois à l'église. Même quand elle s'adresse à Dieu, c'est de profil. Alors les glaces...

— Curieux, non, ce rejet ?

— Bof... Un moraliste du XVIIe tenait la mémoire pour le miroir où nous regardons les absents.

— Tout de même, je me demande ce qu'elle faisait pendant la guerre... »

Il me regarda par-dessus ses demi-lunes. Il est vrai que ma remarque arrivait impromptu.

« La guerre ? fit-il. Ceux qui s'en souviennent feraient mieux de l'oublier, mais ceux qui l'ont oubliée gagneraient à s'en souvenir. »

J'insistai, quitte à le provoquer alors qu'il travaillait minutieusement tout en m'écoutant.

« Tout de même, ça ne vous intrigue pas ? » demandai-je.

123

Il posa brusquement ses outils, tapota nerveusement la perceuse à forets diamantés et retira ses lunettes. Je l'avais piqué au vif. Le gonflement soudain de sa veine temporale en témoignait.

« Eh bien non ! C'est un monde, ça ! Pourquoi voulez-vous toujours savoir ? Quel besoin de toujours tout expliquer ? Vous n'avez que ce mot-là à la bouche ! Expliquer ! Ça ne vous arrive jamais de laisser un mystère inentamé ? Vous devriez essayer, juste pour voir. »

J'étais sonné. Mais en un instant, grâce à la spontanéité d'un artisan fou de littérature, qui la pillait sans rouler des méninges, je commençai enfin à comprendre que l'exactitude n'était rien à côté de la vérité.

J'étais désemparé. Rien n'est redoutable comme le silence lorsqu'il s'installe entre deux personnes qui ne se comprennent pas. C'était un vide déroutant, dont on sentait déjà qu'il serait la source des pires malentendus, de ceux qui durent des années sans que nul n'ait l'humilité de les réduire.

Pour la première fois, il avait laissé éclater sa colère. Je l'avais décontenancé. Il ne me restait plus qu'à m'éclipser. Il me rattrapa à la porte. Je sentis une main amie sur mon épaule. Son ton était de nouveau apaisé.

« Je comprends, vous êtes un chercheur, alors vous cherchez. Mais, parfois, il n'y a rien à trouver.

— Rien, vraiment ? »

Il détourna le regard et me laissa sans réponse.

Son attitude ajoutait du mystère au mystère. Quand il se laissait envahir par le spleen, monsieur Adret était la nostalgie faite homme. Il rêvait à voix haute d'un monde où il ferait plus chaud dans le cœur des hommes et des miroirs. Il se remémorait une époque révolue où l'humanité comme les glaces renvoyaient encore des reflets vert et bleuté.

J'en saisis une en réparation et la tint à hauteur de ma ceinture. Elle nous renvoyait à nos visages dans l'onctueuse majesté de leurs doubles mentons. Puis je la retournai vers l'extérieur. Quand elle eut capté le soleil, j'en dirigeai naturellement le halo en face, vers la vitrine de la fleuriste. Je cherchais à l'irradier.

Observant mon jeu, monsieur Adret sourit puis, incrédule, secoua la tête de gauche à droite. Je le devinais feuilletant mentalement l'un de ses chers dictionnaires de citations. Je lui coupai l'herbe sous le pied.

« Qui, cette fois-ci ?

— Un poète, mais je ne sais même plus qui. À force de le déshabiller de ses propres mots, j'ai fini par l'éliminer de ma mémoire.

— Alors quoi ? » m'impatientai-je.

Il se gratta le menton et murmura :

« Qui laisse une trace laisse une plaie. »

Alors seulement, de l'autre côté de la rue, mon faisceau lumineux trouva sa cible. Elle en fut si violemment éblouie qu'elle vacilla et perdit l'équilibre.

La farce virait à la tragédie. S'était-elle blessée en tombant ? Je n'attendis pas pour le savoir. Après avoir précipitamment reposé le miroir sur la table et salué monsieur Adret, je quittai la boutique à grands pas. Malgré la distance, je ne pus éviter de croiser le regard de la fille de la fleuriste. Elle était sortie de son magasin aussitôt mon forfait commis, furieuse et paniquée, à la recherche du responsable. Je me gardai bien de me retourner, mais j'imaginai l'image que je lui offrais de dos. Une silhouette de coupable, celle d'un homme en fuite.

Désormais, par un étrange jeu de miroirs inversés, aux yeux des Armand-Cavelli j'étais le client.

Plus que jamais, j'étais décidé à ne pas lâcher ma proie. Mais pour des raisons tactiques, je pris du champ. On m'avait trop vu dans le quartier. La prudence s'imposait. Seul un amateur aurait perdu le contrôle de la situation si près du but.

Tous les jours à treize heures, madame Armand attendait l'autobus à l'arrêt Charles-Michels. Vingt-deux stations la séparaient du quartier du Châtelet. Le 70 l'amenait chez elle en une trentaine de minutes. J'avais chronométré le parcours, y compris le détour qu'elle faisait pour éviter de passer devant la vitrine du miroitier.

Ce jeudi-là, il pleuvait. Il y avait plus de voyageurs que d'habitude. Les gens étaient désagréables. Je montai à l'arrêt desservant l'hôpital des Enfants-Malades. Dans le véhicule bondé je me frayai un passage. Elle était assise au fond, sur une banquette, près de la fenêtre, le regard perdu dans le vague, dehors. Un mince morceau de sparadrap collé à hauteur de l'arcade sourcilière témoignait d'une chute récente. Malgré ses efforts, son foulard en soie ne le masquait que partiellement. Ses voisins immédiats regardaient distraitement des journaux, elle lisait le paysage avec une attention soutenue.

Je me rapprochai insensiblement. Quand l'homme qui lui faisait face se leva, je me précipitai. Il me fallait prendre de vitesse, quitte à la bousculer, une jeune femme qui avait l'intention de se poser avec ses paquets. Je ne m'excusai même pas. D'autres urgences, d'autres priorités.

Madame Armand était tellement absorbée dans ses pensées qu'elle ne prêta pas attention à ce remue-ménage. Lorsqu'elle me découvrit enfin, elle ne put réprimer un mouvement de stupeur. Son premier geste fut de se lever. Instantanément, j'en fis autant. Je la dominais d'une tête. Nous n'avions jamais été aussi près l'un de l'autre, dans la position de deux personnes qui vont s'embrasser. Ou se mordre. On aurait cru que je voulais me mesurer à elle. Mais l'espace était si exigu, mon regard si menaçant et l'équilibre si précaire, qu'elle se rassit aussitôt.

Tout en moi se voulait d'une effrayante froideur alors qu'il y avait un incendie à l'intérieur. Je ne la quittais pas des yeux. Mon regard était fixe, mais si intense qu'il captait tout ce qui émanait de sa personne, la nervosité de ses mains, ses jambes qu'elle ne cessait de décroiser, son parapluie à fleurs qui glissait tout doucement, son sac à main qu'elle serrait précieusement entre son coude et sa hanche. Très vite, elle n'y tint plus.

« Mais qu'est-ce que vous me voulez à la fin ?

— Je veux que vous me disiez pourquoi.

— Pourquoi quoi ? reprit-elle sans attendre.

— Pourquoi vous avez donné des gens à la police.

— Quels gens ? Qu'est-ce que c'est que cette histoire ? Je ne comprends rien à ce que vous me racontez. D'ailleurs, je m'en fiche. Tout ce que je vous demande, c'est de me laisser tranquille une fois pour toutes. »

Son agressivité augmentait à mesure que je conservais mon calme. Cela ne faisait qu'accentuer la violence de la situation. Autour de nous, les voyageurs commençaient à tourner la tête. Certains gênés, d'autres pas. Il y avait ceux qui piquaient du nez dans leurs lectures, et ceux qui voulaient voir. Tous nous écoutaient, même ceux qui auraient préféré ne rien entendre.

Une femme manifestement prête à en découdre prit la défense de madame Armand sans nuances. La vélocité de son imagination m'impressionna, mais sa fermeté était sans objet. De quoi avait-elle déduit qu'il s'agissait d'une querelle de copropriétaires ? Elle croyait que je reprochais à madame Armand d'avoir signé une pétition visant à dénoncer des immigrés clandestins qui auraient trouvé abri dans notre immeuble... Je la remis à sa place sans ménagement, et lui conseillai de se mêler de ses affaires, injonction qu'elle dut prendre pour un commandement exécutoire dans l'instant puisqu'elle se transporta aussitôt à l'autre extrémité du véhicule. En la regardant s'éloigner, ou plus exactement s'enfuir, je me demandai si elle était vraiment hors sujet.

Madame Armand n'avait dit mot. Elle semblait s'être à nouveau verrouillée. Un silence pesant s'installa entre elle et moi. Entre nous et eux. Je choisis de le briser d'une voix plus forte, d'un ton plus solennel. Cette fois, les dés étaient jetés. Je ne pouvais plus reculer. À la seconde même où je me lançai, je me rendis compte que mon accusation serait publique. Qu'elle aurait des dizaines de témoins. Que cela pouvait me mener beaucoup plus loin que là où je voulais aller. Que je pourrais avoir à en répondre devant des tribunaux. Mais comme toujours en pareil cas, j'accomplissais un acte au moment précis où je prenais conscience de sa folie. Trop tard, ils étaient insécables. Bien que l'abîme menaçât sous moi, je m'engageai sur la corde.

« Vous avez dénoncé des Juifs pendant la guerre.

— Pardon ? Qu'est-ce que vous venez de dire ?

— Vous avez dénoncé des Juifs pendant la guerre. »

Interloquée, elle ne tenait plus en place. On l'aurait crue montée sur un ressort, arrangeant sa coiffure, rattrapant son parapluie, dégrafant le col de son imperméable. Elle prit à témoin les voyageurs les plus proches, me traita de malade et de pervers, m'accusant de la persécuter la nuit, de la harceler le jour, de lui envoyer des menaces anonymes. Toutes choses qui n'étaient pas fausses.

Les gens m'étaient hostiles, je le sentais bien. Pourtant, je n'arrivais pas à les mépriser. Leur faiblesse collective n'était jamais qu'un agrégat de petites faiblesses individuelles. L'air du temps, qui était au consensus en toutes choses, flattait leur lâcheté. Malgré tout, chacun d'eux méritait une biographie. Il n'y a pas de petite vie, seul l'éclairage compte. Disons que ce jour-là il était aussi défectueux qu'en 1941.

Comment ne pas me sentir dans la peau d'un réprouvé? Ils m'avaient tous blackboulé. Boule noire, boule noire, boule noire... Vous n'entrerez pas dans notre club, vous resterez sur le seuil, c'est cela que leurs faces me hurlaient sans que je puisse leur répondre.

Des dizaines de regards se retournèrent en silence vers moi. Pour la première fois, j'envisageai le bus sous un autre angle. Ce n'était jamais qu'un couloir dans un immeuble. Sauf qu'il roulait et qu'il était en permanence occupé par des gens qui avaient tous des têtes de voisins de palier.

Jamais je n'avais été ainsi humilié en public. D'accusateur, je me retrouvais accusé. On me désignait du doigt mais nul ne voyait à quel point il était sale, tordu, maculé de sang. La lutte était inégale. D'un côté une dame d'un certain âge, drapée dans sa dignité outragée. De l'autre un homme d'une quarantaine d'années dont les griefs semblaient trop graves pour n'être pas incohérents. Le bus avait voté ma mort. Il me suffisait de les regarder me regarder.

Croix-Rouge, Seine-Buci, Mazarine... On ne tarderait à arriver. Je n'allais pas la laisser me piétiner ainsi, et eux à sa suite. Il me fallait réagir sans quoi je pourrirais jusqu'à la fin des temps avec mon secret. À la longue, il me rongerait plus cruellement qu'un cancer des os. Quand le calme fut revenu, je la fixai à nouveau et la relançai en articulant distinctement :

« Vous avez dénoncé des Juifs pendant la guerre. »

Un murmure de réprobation générale parcourut le véhicule. Mon voisin, un homme de belle allure, qui portait son demi-siècle avec une certaine élégance, s'en mêla.

« Monsieur, tout cela commence à être fort désagréable pour tout le monde, me dit-il d'un ton courtois mais ferme. Je vous prie de cesser d'importuner cette dame, sinon je ferai appel au conducteur pour vous forcer à descendre.

— Vous voulez m'expulser ?

— Si nécessaire, oui. »

Cette fois, je perdis mon calme. Qu'il veuille me jeter hors de là me mettait hors de moi. D'autant que nous étions sur mon territoire. L'autobus est le métro des aristocrates. On y domine non pas les piétons, nos frères en poésie, mais la race honnie des automobilistes, cette engeance. J'étais chez moi.

Je me levai et les dévisageai tous, me tenant à l'une des poignées du plafond. Tout le monde était pris à témoin. Les passagers qui venaient de monter ne comprenaient rien. Au début, ils devaient croire qu'il s'agissait d'un hurluberlu commun. À la fin aussi d'ailleurs, d'autant qu'un coup de frein inopiné me projeta sur mon voisin, qui n'en pouvait mais.

« Ah, je vous en prie ! Entre Français, tout de même... »

Il croyait que j'allais le frapper. La surprise mêlée à la peur l'avait fait réagir instinctivement. Je me remis aussitôt d'aplomb pour lancer une harangue.

« Cette personne s'appelle Cécile Armand-Cavelli. En décembre 1941, elle a dénoncé ses voisins, des commerçants du nom de Fechner. Ils ont été envoyés dans un camp de concentration. Plusieurs d'entre eux y ont été assassinés... »

Je la regardais pâlir. Mon doigt était pointé sous son nez.

« À cause d'elle ! Et vous voulez que je me taise ? Et vous voulez me déporter hors de ce bus ?

— Ah non, je n'ai pas dit cela ! reprit mon voisin en me tapotant l'épaule avec la crosse de son parapluie.

— Ça revient au même.

— Enfin, c'est insensé, tout de même ! On n'accuse pas les gens sans preuve. C'est de la diffamation. Madame, réagissez, dites quelque chose ! Je suis avocat, je peux vous aider. Voulez-vous que je recueille des noms pour de futurs témoignages ? »

Une chape de plomb semblait avoir enfermé madame Armand dans le mutisme depuis que j'avais associé son nom à celui des Fechner. Elle était pétrifiée. Pas un son ne sortait de sa bouche. Son visage était devenu inexpressif.

Le brouhaha reprenait. Chacun y allait de son commentaire. Désormais, tout le monde s'en mêlait. Sauf elle, l'absente. Les sables mouvants la cernaient et elle ne se débattait même plus. Raison de plus pour lui enfoncer la tête dans la vase. Je me rassis afin que mon visage soit juste à la hauteur du sien.

« Comment dit-on : moucharde ? balance ? cafard ? donneuse ? dénonciatrice ? ou délatrice, tout simplement ? Vous avez touché une prime pour ça ? Vous dormez bien depuis la Libération ? Pourquoi ne répondez-vous pas, madame Armand ? »

J'étais rouge, elle demeurait stoïque. Sous mes yeux, la fleuriste se métamorphosait en statue de sel. Elle paraissait inaccessible à des sentiments humains. Elle devait être dans cet état-là quand elle avait donné les Fechner aux policiers. Donné, vendu, échangé, refilé, qu'importe. Une chose est d'avoir de mauvaises pensées, une autre est de leur offrir un prolongement. Quand elle est passée à l'acte, elle se doutait bien qu'ils ne seraient pas envoyés dans un camp de vacances.

133

Un vieux monsieur, qui s'obstinait à rester debout quand de plus jeunes lui proposaient leur siège, m'interpella. À son allure, à sa mise, à l'expression de son visage, je devinai parfaitement l'argument qu'il allait m'opposer. Je pouvais l'anticiper et le désamorcer car il surgissait régulièrement dans tous les débats sur le sujet, au point que cela en devenait insupportable. Je l'aurais volontiers interrompu avant qu'il ne prît la parole pour lui dire que mon âge, justement, me permettait de dénoncer une délatrice sans être soupçonné de chercher un brevet d'innocence. À quoi bon, c'était perdu d'avance.

« Mais que savez-vous de la guerre ? me demanda-t-il. Vous n'étiez même pas né, n'est-ce pas ? Moi, j'y étais. J'ai vécu l'Occupation, vous pas. Laissez cette pauvre dame tranquille. Vous avez vu dans quel état vous l'avez mise… »

Madame Armand pleurait en silence.

Elle avait gagné. Je ne pouvais plus rien contre elle, du moins dans un tel contexte. Quel homme oserait s'en prendre publiquement à une femme en larmes, qui plus est par sa faute ? C'était indéfendable, eût-elle été dans son tort. Je m'avouai vaincu, provisoirement. Tout me disqualifiait. Des gouttes de sueur perlaient sur mon front alors que la température était normale. Je renonçai à m'éponger avec mon mouchoir de crainte d'y découvrir des gouttes de sang. Le vertige me guettait, la déraison me gagnait. J'en tremblais mais la peur n'y était pour rien.

Que pouvais-je bien leur expliquer dans une telle atmosphère ? Quand on est simplement furieux, tout nous désigne comme particulièrement dément. À leurs yeux, c'était moi et non elle, le malsain d'esprit. Ça ne se fait pas de laisser éclater sa colère en public, quels qu'en soient les motifs. C'est incorrect et inconvenant.

Celui par qui le scandale arrive est forcément suspect quand bien même il mettrait en lumière le scandale de la vérité. La convention est la norme alors qu'il ne s'agit que d'une question de point de vue. Si l'humanité se penchait un peu, elle constaterait qu'à Pise seule une tour se tient droite.

J'en étais là. À force d'inquiétude, je ne savais plus ce que je pensais. Après tout, c'était peut-être moi le salaud, moi le client. J'avisai une affichette de la RATP. Sous la photographie de quatre cowboys prêts à dégainer, on pouvait lire : « On arrête tous notre film. Le bus, c'est pas une diligence, RESPECT ! » Cela s'adressait à moi, n'avait été placardé que pour moi. Je me retournai. Une autre affichette, reproduisant l'inquiétant faciès du Dr Spock, m'agressa sur le même mode mais en d'autres termes : « À force de se traiter de tous les noms, on a les oreilles qui chauffent, RESPECT ! » J'étais mûr pour passer mes vacances à Névrose-les-Bains.

Quel que soit l'angle sous lequel on envisage la question, toute personne qui prend la parole inopinément en public, pour s'adresser à la société relève de Sainte-Anne. Non seulement cela ne se fait pas, mais une telle attitude est hautement répréhensible. J'imaginais déjà le scénario : des gens se plaignant au conducteur, celui-ci téléphonant discrètement à son central pour signaler un cas de délire, les portes bloquées jusqu'au terminus, des agents m'y attendant de pied ferme, direction le cabanon de la rue Cabanis, les urgences psychiatriques de la préfecture, l'antichambre de l'asile...

Je me levai et fendis la foule jusqu'à la porte. Pas un regard qui n'exprimât ma condamnation. Le jury populaire s'était prononcé et son verdict était sans appel. Ma solitude était totale.

Je descendis à l'arrêt Pont-Neuf-Quai du Louvre sachant qu'elle en ferait autant au suivant. Quand je pris pied sur la chaussée, je me retournai vers le bus qui s'ébranlait. Tout le monde me regardait. Tout en moi n'exprimait plus qu'opprobre et désolation. Mais nul ne soupçonnait qu'à l'intérieur la flamme continuait de brûler. Il en fallait plus pour me faire renoncer.

Quand je fus hors de la vue des voyageurs, je courus jusqu'au bout de la rue de la Monnaie, obliquai vers le quai de la Mégisserie, puis empruntai le quai de Gesvres. Par ce raccourci, j'étais sûr d'arriver en même temps qu'elle. Je m'arrêtai à l'angle, et la guettai tout en reprenant mon souffle. Quand elle descendit, je la filai pendant quelques minutes jusqu'à ce qu'elle s'engouffre dans la rue d'Arcole, puis dans une venelle étroite et déserte, l'endroit idéal pour la coincer enfin à l'abri des regards indiscrets.

Je pressai le pas derrière elle. Arrivé à sa hauteur, je l'appelai Madame! Madame! Elle se retourna et, de frayeur, eut un geste de recul qui la projeta contre le mur. Un furtif coup d'œil à gauche, un autre à droite, il n'y avait qu'elle et moi. Tout était encore possible.

« Ne me touchez pas! hurlait-elle. Surtout, ne me touchez pas!

— Mais je n'en ai nullement l'intention. Dites-moi juste pourquoi vous avez fait ça...

— Mais enfin, de quel droit? Pour qui vous prenez-vous? »

C'était trop simple. Elle ne pouvait pas s'en tirer comme ça. Il me fallait inventer quelque chose. Mais pourquoi se trouve-t-on toujours si démuni dans les moments qu'on a le plus prémédités? Cet instant-là, je l'avais répété quasiment mot pour mot. Pourtant j'étais guetté par l'aphasie. Exactement ce que je redoutais : la surdité verbale au moment critique. Articuler et que rien d'audible ne sorte. Une telle pensée m'avait rendu à peu près fou. Je n'avais cessé d'en conjurer le spectre. Il fallait que ça sorte. Je cherchais la faille en elle, la brèche où m'engouffrer pour mieux remuer le fer dans la plaie.

« Vous ne pouvez pas nier, j'ai lu votre lettre de dénonciation...

— Comment pouvez-vous m'opposer une lettre anonyme?

— Mais qui vous a dit qu'elle était anonyme ? »

Il en fallait plus pour la désorienter. J'aurais pu mentir, prêcher le faux pour savoir le vrai. C'eût été déloyal. Je voulais parvenir à mes fins sans avoir à rougir de mes procédés. Mon éthique m'autorisait à mettre le pied dans une porte qui se ferme, pas plus.

« Pendant l'Occupation, elles l'étaient toutes, c'est connu, ça..., dit-elle.

— J'ai vérifié, c'est vous, c'est votre main qui a envoyé les Fechner à la mort. »

Il y a des mots qui portent la trace des coups. Parfois ce sont des noms. La seule mention de celui-ci, lorsqu'il était associé à un lointain passé, avait le pouvoir de la déséquilibrer. Aussi l'évoquai-je à dessein pour la pousser dans ses retranchements. Pour l'obliger à sortir de ses gonds. La provocation fit son effet au-delà de toute espérance.

« Vous, les Juifs, vous êtes décidément tous pareils, me lança-t-elle en se tordant la bouche de dégoût. Vous vous imaginez que les Français ont des comptes à vous rendre. Que dis-je : l'Humanité tout entière ! Mais qu'est-ce que vous croyez ? La guerre, ça a été une souffrance pour tout le monde. La pénurie de ravitaillement, les difficultés à se chauffer en hiver, l'angoisse d'attendre des prisonniers de guerre qui ne rentraient pas, que sais-je encore ? Tout ça, pas une famille n'y a échappé. Vous comprenez ? Les Juifs, c'était pas le problème ! En tout cas c'était pas le nôtre, on avait suffisamment à faire comme ça. Si vos Fechner ont été assez imprudents pour se faire prendre, ça les regarde. Quand ils profitaient de nous, personne ne se préoccupait de notre situation. Alors ne me demandez pas de les plaindre, ceux-là ! Et vous, cessez de me persécuter ! »

J'étais abasourdi. Pour survivre à son crime, elle s'était construit une amnésie. Sa conscience l'anesthésiait. Mais le lieu ni la situation ne se prêtaient à une discussion raisonnable. Je la dévisageai en songeant que si la mémoire se perd, le corps, lui, se souvient. Le sien était entièrement résumé par la carte géographique qui se dessinait sur son front, autour de ses yeux et de sa bouche. On dit parfois que la forme, c'est le fond qui remonte à la surface. Si c'est vrai, quoi de plus profond que la peau ? Madame Armand me faisait penser à ces sculpteurs de sable qui ne tiennent que par leur obsession à ne pas se survivre. J'eus à peine la ressource de murmurer :

« Vous les avez dénoncés...

— Vous ne comprenez rien ! cria-t-elle. Vous ne comprendrez jamais rien !

— Mais pourquoi ne dites-vous pas la vérité ? »

Elle se calma. Sa respiration reprit une cadence à peu près normale. D'un geste naturel, elle arrangea ses cheveux comme si la violence de nos échanges les avait perturbés. Et d'un ton anormalement apaisé, elle dit en baissant les yeux :

« La vérité, personne ne peut la comprendre. Il n'y a plus personne pour l'entendre. Il n'y a jamais eu personne. »

Et elle partit, me laissant seul, cloué au milieu de la rue. Cette femme avait vraiment le génie de transformer ses erreurs en mystères. Mais elle avait eu le dernier mot.

Le lendemain, je me rendis au Beaupré. J'hésitais à y pénétrer. Les restaurateurs n'aiment pas le client non accompagné. Le plus souvent, à supposer qu'ils lui trouvent une table, ils le cachent dans un coin ou derrière un pilier, comme s'ils en avaient honte. Quand on est moins de deux, on n'est pas normal. Pas comme tout le monde. À l'heure du déjeuner, c'est embêtant. À celle du dîner, embarrassant. Dans un cas comme dans l'autre, c'est suspect. Cette solitude les gêne car d'emblée ils la supposent sépulcrale. Elle exprime une tristesse qui pourrait porter préjudice à l'image de leur établissement. Le spectacle de la mélancolie créant une promiscuité, la clientèle pourrait se plaindre. Heureusement, la loi leur interdit encore de refuser le service à un esseulé.

L'atmosphère si particulière du Beaupré, sa qualité de bistro à l'ancienne, ses nappes vichy, la familiarité de bon aloi de ses habitués et l'honnêteté de sa cuvée du patron dissipèrent mes réticences. Je m'y attablai.

Il n'était pas d'endroit plus stratégique pour prendre la température du quartier. Nul n'évoquait l'incident. J'étais rassuré. Jusqu'à l'arrivée de François Fechner. À son air de tête chercheuse, à son pas décidé, aux plis de son front, je compris dans l'instant qu'exceptionnellement il ne serait pas très amical. Dès qu'il m'eut trouvé, il referma d'autorité le livre que je lisais sans même en marquer la page et s'assit face à moi. Je le sentais en ébullition.

« Qu'est-ce que c'est que cette histoire ? » grommela-t-il les mâchoires serrées, s'assurant par un bref regard circulaire que nul n'était à l'écoute.

Je n'eus même pas besoin de raconter. Il savait déjà tout. Des commerçants lui avaient fait de fidèles comptes rendus. En recomposant les récits épars, il avait une vision à peu près exacte de mes relations avec madame Armand depuis le début. Mais, comme les autres, il en ignorait l'intime vérité, cet invisible fil ténu constitué de mille et un nœuds douloureux.

François ne me fit pas la morale mais ça y ressemblait fort. Il me reprocha de mener une perquisition permanente, comme d'autres avaient conduit une inquisition, alors que nulle autorité ne m'avait délivré le moindre mandat. En un sens, il n'avait pas tort. Qui m'a fait roi ? Personne, c'est vrai. Mais après tout, qui juge les juges ?

À la fin de son monologue, j'eus la désagréable sensation d'être un coupable. Cela me gênait d'autant plus qu'il représentait les victimes. D'après lui, je souffrais d'une maladie de l'âme qui faisait des ravages dans certains milieux à Paris comme à New York. Il me traita de diasporanoïaque et, dans sa bouche, cela ne ressemblait pas à un compliment.

Il était redevenu un commerçant de la rue de la

Convention. Sa métamorphose avait été de courte durée. Il faut passer l'éponge, dit-il. À quoi j'objectai que j'avais du mal précisément parce que l'éponge était pleine de sang, et on resta bloqués là-dessus. Nulle peine pour un tel crime, que de la détresse. Il estimait que les survivants étaient condamnés au chagrin à perpétuité et que tout le reste serait nécessairement dérisoire.

Impuissant à l'interrompre, je me hasardai à lever le doigt. En vain. Il ne me laissa même pas l'approuver quand il vitupéra le devoir de mémoire. Car je convenais parfaitement de ce que, si la mémoire est de l'ordre du devoir, autant lui préférer l'oubli. Plus il parlait, plus le malentendu se creusait. En voulant me pousser dans mes contradictions, il me rangeait dans le camp de ces nombrilistes de la mémoire juive que je n'avais justement jamais cessé de critiquer. Il ne comprenait pas que ce que je dénonçais, en cette femme, ce n'était pas l'antisémite mais la délatrice. Seule me fascinait la vraie nature du Mal, celui qu'on commet et celui qu'on subit, jusqu'à n'en faire qu'un.

Nul n'aurait pu le freiner dans son grand déballage. Il voulait que je renonce à mon projet et que j'oublie pour toujours la cliente. Éteindre les cendres... L'expression revenait souvent dans sa bouche. Après tout, il s'agissait de sa famille et de sa cliente. C'est tout juste s'il n'a pas exigé de moi que je lui envoie des fleurs pour la prier de m'excuser. Je l'avoue, je me suis même demandé si son attitude d'apaisement ne dissimulait pas autre

142

chose. Si elle ne couvrait pas des relations clandestines qu'il aurait entretenues avec la fille de madame Armand. Mais, par crainte de paraître indécent, je n'en fis pas état.

Pourtant au départ il m'avait bien encouragé à creuser cette affaire, lui et nul autre, car il voulait en avoir le cœur net, il brûlait de savoir, je n'avais pas rêvé. C'était quelques courtes semaines auparavant, mais elles avaient été si denses et si intenses qu'elles comptaient pour des années. À la réflexion, il semblait résolu à suspendre le cours de l'histoire de la même manière qu'il avait accroché un vieux stock de fourrures mitées dans la pièce jouxtant son atelier, des manteaux suspendus aux cintres depuis vingt ans et plus, oubliés ou abandonnés par des clientes. Dans un cas comme dans l'autre, on conservait parce qu'on n'arrivait pas à jeter.

François dénonçait mon ambiguïté. Il pointait la volupté malsaine avec laquelle je m'insinuais dans les remugles de l'Occupation, et ma complaisance à remuer la guerre comme d'autres la merde. Ou il me reprochait d'avoir lu trop de livres et vu trop de films. Je m'attendais qu'il évoque *Le Corbeau*, film qu'il regardait à chacune de ses rediffusions. Cela ne manqua pas. Aussitôt, je posai ma main sur ses lèvres et me lançai :

« François, arrête ! J'en ai assez entendu. Le sujet du *Corbeau*, ce n'est pas ce que tu crois. Pas l'Occupation. C'est un malentendu, un épouvantable contresens que d'en avoir fait le symbole de

143

la guerre. Le véritable sujet, c'est la délation et le harcèlement avec tout ce qu'ils engendrent, la haine sans visage, la peur sans nom, l'angoisse de l'attente. Les personnages sont peut-être monstrueux, ils sont notre miroir.

— Et le film a été tourné quand? me demanda-t-il avec une pointe de sarcasme. En 1943...

— Et le scénario a été déposé quand? En 1937. Et il est inspiré de quoi? D'un fait divers de 1917. Curieux pour un film censé refléter la quintessence de l'Occupation! »

Il avait refoulé tout ce que cette œuvre avait d'universel, l'indication sur les cartons de générique, une petite ville ici ou ailleurs, la scène de la lampe faisant surgir la lumière et l'ombre dans un mouvement de balancier tandis que les deux médecins s'opposent sur la corruption des valeurs morales.

On s'enfonçait dans une polémique stérile. François but son café et se cala contre le dossier de sa chaise. Il y eut un silence. Je le brisai par une boutade, mais j'y mis tant d'amertume qu'elle lui apparut probablement comme un sarcasme.

« Désolé de t'avoir fait perdre une cliente... »

Il regarda les gens accoudés au zinc, puis une bande d'amis attablés dans un épais nuage de fumée, enfin la caissière du tabac dans toute la splendeur de sa poitrine babylonienne, avant de se retourner à nouveau vers moi.

« Tu connais ce proverbe? Nourris un corbeau, il te crèvera l'œil... »

144

À qui faisait-il allusion, à madame Armand ou à moi ? François Fechner avait l'air dégoûté par l'image dont il s'était lui-même fait l'écho. Il se leva sans un mot et partit. L'un de nous était allé trop loin, mais lequel ?

Le lendemain, je reçus un curieux appel téléphonique. Ce n'était pas une convocation mais une invitation. On me demandait de passer sans tarder au commissariat d'arrondissement pour affaire me concernant, sans autre précision. La démarche était informelle, officieuse même. Intrigué, je m'y rendis dans l'après-midi. Le commissaire en personne m'y reçut.

Il paraissait aussi embarrassé que le directeur de ma banque quand il agite la muleta de l'impayé. D'ailleurs, il lui ressemblait. Court, rond, rougeaud et anormalement obséquieux. Comme lui, il ne cessait d'enrober ses propos pour mieux m'assommer ensuite. Je commençai à comprendre mais je le laissai venir et s'empêtrer, pour le plaisir des yeux et l'amour de l'art. D'autant que je jouissais d'un léger avantage. Non seulement il était sensible au prestige attaché à la qualité d'écrivain mais de plus il paraissait impressionné par la plus infime notoriété, de celle que les médias consacrent en leur tendant à tout propos micros et caméras.

« ... Voilà pourquoi il serait préférable, cher Monsieur, que vous renonciez définitivement à tout contact avec madame Armand-Cavelli et sa fille, que vous les oubliiez. Ainsi tout rentrera dans l'ordre.

— Quelqu'un a porté plainte?

— Pas encore, enfin pas exactement, mais on s'est plaint de votre comportement.

— Vous voulez dire que j'ai été dénoncé?»

Il leva les bras au ciel tout en soufflant comme un phoque mais rien d'audible ne sortit de sa bouche. Le commissaire voulait éviter tout scandale public. C'était son seul souci. Son intervention visait à enterrer l'affaire. En quittant son bureau, après une poignée de main d'une suintante mollesse, le doute m'envahit, l'irrésolution me paralysa, la folie douce me gagna. Ce monde m'était hostile puisqu'il m'écartait pour avoir osé désigner le Mal. Tel était mon délit et l'on voulait que je me couvre la tête de cendres sans autre forme de procès.

Qui dénonce une dénonciatrice se dénonce aux yeux du monde. Il arrache son masque. Son âme se découvre enfin et elle n'est pas belle. J'en étais là à présent, *persona non grata* dans une parcelle du XVe arrondissement de Paris, persuadé que la mélancolie allait devenir le blason de ma sensibilité.

Je m'arrêtai un instant sur le trottoir, ramenai mes pieds l'un contre l'autre, mes mains contre mes cuisses, et inclinai mon corps au garde-à-vous de soixante degrés sur la gauche. Au bout de quelques minutes d'immobilité oblique au milieu d'une humanité rigoureusement verticale, je dus constater mon absolue solitude. À l'écart dans une foule dense et compacte, j'étais seul à perte de vue.

Je m'apprêtais à quitter le quartier, gagné par l'étrange sensation que je n'y vivrais jamais plus. En moins d'une saison, on se crée des habitudes, on se fabrique des souvenirs, on s'attache même aux pierres. À mon arrivée, j'avais débarqué parmi ces commerçants dans ce qui m'apparaissait comme une réunion de famille permanente. On m'avait accueilli comme on l'eût fait avec un improbable cousin de province. Désormais tenu pour un fâcheux, je n'en voyais plus que la face honteuse, celle du secret de famille.

À l'instant de prendre congé de la rue de la Convention, une silhouette familière, aperçue sur le trottoir d'en face, me troubla. Je m'arrêtai pour la fixer. C'était bien elle, Cécile Armand-Cavelli, la cliente, ma fleuriste. Allais-je lui emboîter le pas ou lui tourner le dos ? J'avais quelques misérables secondes pour me décider. La raison et la prudence m'engageaient à continuer mon chemin.

Je la suivis.

Peu après, elle entrait dans l'église Saint-Lambert-de-Vaugirard, un lieu en retrait des vulgarités du siècle, sur une petite place d'un autre temps. Il n'y avait presque personne. Deux ou trois ombres à peine hantaient le déambulatoire. Elle devait y avoir ses habitudes. Je la vis se faufiler sans hésitation entre les piliers, passer sans s'arrêter derrière le chœur jusqu'à la chapelle du Saint-Sacre-

147

ment avant de gagner la chapelle Notre-Dame-du-Pardon.

Là, elle s'agenouilla sur un prie-Dieu, la tête inclinée, réservant au Seigneur les ténèbres intérieures de ses inexprimables flétrissures. Alors seulement je pris conscience qu'elle était moins amnésique que je ne l'avais cru. Simplement, sa mémoire devait être un champ de ruines. À l'observer dans la solitude de son entretien avec le Tout-Puissant, j'imaginai pour la première fois que celle qui avait commis le Mal pouvait être aussi celle qui le subissait. Il y avait en elle autant de péché que de souffrance. Dans quel désert se retirait-elle pour expier sa faute ?

Quand elle se signa à nouveau, je me mis instinctivement en retrait à la croisée du transept. Elle s'arrêta un instant devant la sacristie et, en l'absence du curé, repartit aussitôt. Que n'aurais-je donné pour l'entendre confesser ses péchés... Éprouvait-elle une quelconque culpabilité ? Recherchait-elle la rédemption ? À dire vrai, je n'en savais rien.

Plutôt que de la suivre à nouveau dans les rues, je choisis de rester seul dans ce lieu hors du monde où le temps paraissait suspendu. Je m'assis un instant et observai un rayon de soleil filtrer à travers un vitrail afin de voir sur qui se poserait le doigt de Dieu. Cela aurait pu être une épaule, ce fut une chaise vide.

J'étais convaincu d'en apprendre plus sur elle en mettant mes pas dans ses traces, des absidioles à la nef, qu'en la prenant en filature en ville. En plaçant mon regard partout où elle avait posé le sien, je brûlais de m'insinuer en elle.

Sous l'orgue, près du confessionnal, une petite chapelle était dédiée aux morts de la Seconde Guerre mondiale. Un vieux réflexe de reporter me poussa à consigner machinalement sur un carnet les noms gravés dans le marbre de la plaque commémorative.

À la hauteur du narthex, un vitrail représentant saint Georges en majesté m'intrigua. Non parce qu'il avait été offert par les paroissiens à l'occasion du départ du chanoine en 1940, mais parce que le martyr au dragon était sans visage. Le verre avait sauté à cet endroit précis. Disparu le réseau des plombs qui formait ses traits. Il était démasqué. Quand on le dévisageait, on ne voyait que des nuages à travers une grille. Juste en face, dans son prolongement, une inscription sur une mosaïque acheva de me troubler : « Je veux passer mon ciel à faire du bien sur la terre. »

Une fois sur le parvis, à l'instant même où la lumière crue du dehors m'éblouit, je compris qu'une église était l'un des rares lieux publics d'où les miroirs étaient bannis. Madame Armand ne risquait pas de s'y rencontrer. Il n'y avait rien pour lui renvoyer son image. Rien d'autre que sa conscience. Toute réflexion y était sanctifiée. On y baignait dans une lueur d'une infinie pureté.

7

Plus rien n'avait d'importance de ce qui comptait auparavant. Tout me ramenait à madame Armand, désormais inaccessible. Dans mes cauchemars éveillés, je tendais la main vers elle mais quelque chose me tétanisait à l'instant même où j'allais la toucher. Je passais mes nuits d'insomnie à concevoir l'inconcevable. À l'aube, il ne restait plus rien.

Autour de moi le monde devenait de plus en plus flou. J'étais devenu un vieil enfant de quatre ans et demi, né le 22 juin 1940 et mort le 8 mai 1945. À force de clamer *urbi et orbi* que cette époque n'avait été ni noire ni blanche, je me pris de passion pour l'infinie gamme des gris, dont j'aspirai à être l'incontesté technicien. Un jour on me consacrerait maître du demi-deuil, prince du doux mélange, gouverneur du grand neutre. Or tout ce qui s'y rapportait était nécessairement compliqué. À l'image de cette matière indéchiffrable, je devenais un épineux personnage.

Je me plongeai dans le Code à la recherche

d'une notion glanée un jour dans une conversation d'avocats, quelque chose comme l'inimitié rédhibitoire. Cela m'allait parfaitement. Rien d'autre ne pouvait décemment me lier à madame Armand.

Sur ma table de nuit, des traités de philosophie avaient chassé les livres d'histoire. Seule la réflexion sur la nature du Mal parvenait à focaliser mon attention. Mais plus je m'y enfonçais, plus la vanité de mon enquête s'imposait à moi. Un jour, j'en étais convaincu, on me retrouverait à l'aube endormi sur mon ordinateur, l'écran couvert de « Pourquoi ? » répétés à l'infini. On aurait glosé sur le tragique de la ponctuation. Une expertise psychiatrique m'aurait réglé mon compte. Là-bas j'aurais reçu des bouquets portant l'étiquette d'Armand Fleurs. Cela m'aurait achevé.

L'innommable ne se laisse pas désigner. L'eussé-je tenu pour une fatalité, je me serais condamné à n'être plus qu'une silhouette dans le royaume des ombres. Quand tous voulaient me faire lâcher prise, je resserrais mon étreinte.

Se résigner ? Autant tuer les morts. Renoncer ? Autant gifler les cadavres. C'était décidé, à tant faire que de me laver les mains, je le ferais dans l'encre.

Il n'y avait rien à expliquer, juste à ressentir. De toute façon, à ce stade de ma névrose, je n'entendais convaincre personne. Vient un moment dans la vie où l'on ne parle plus vraiment qu'à soi, à sa conscience, à son âme, à son vélo. On est sûr de ne pas être déçu. Par un étrange glissement, je ne m'identifiais plus à Désiré Simon, mon héros, mais à Job. Inconsciemment, je me prenais pour le juste souffrant, à la fois craignant Dieu et blasphémateur. Sauf que je ne me lamentais pas et que ma plainte n'était plus qu'un bloc de colère froide.

Pourquoi ont-ils eu si peur? Il s'agissait juste de faire couler un peu d'encre pour rappeler que d'autres avaient fait couler un peu de sang. Rien de plus. Mais on enfermait pour moins que ça. Plutôt que de désespérer, je suivis le conseil d'un poète et laissai infuser davantage.

J'avais affaire à une invalide du cœur. Pas un signe n'était venu d'elle. Je me reconstituais nos échanges à la manière d'un monteur de cinéma. Il ne me manquait que le gant de cardinal, acheté rue Saint-Sulpice, pour ne pas se couper le doigt avec le négatif en défilé. Sauf qu'il aurait fallu beaucoup plus qu'un gant pour me protéger. La blessure était intérieure et la cicatrice à vif.

S'il est vrai que l'on ne se souvient pas des jours mais des instants, je m'en repassais les moindres secondes. Pas la moindre lueur. Rien. J'avais affaire à une authentique irrepentie. Mais, je le reconnais, dans ces moments de solitude il ne me vint pas à l'esprit qu'elle pût être en proie à un secret qui la défigurait. Du moins en avais-je chassé l'idée à chaque fois qu'elle me taraudait. Cela m'aurait trop désorienté. Je n'aurais plus rien compris. Or il me fallait expliquer le fond des choses.

J'étais devenu l'acteur de mon propre piège, aux avant-postes sur la ligne de front du malaise, incapable d'arrêter une machine infernale que j'avais moi-même déclenchée. Il n'y avait que deux moyens d'en sortir. Par le bas en déballant tout, par le haut en tentant le grand saut. Dans un cas comme dans l'autre, c'était une forme de mort volontaire, mais je ne voyais guère d'autre moyen de me débarrasser de cette hantise du Mal absolu. Je l'avais vu, je l'avais reconnu, je ne le comprenais pas et tous me dissuadaient de le comprendre. J'avais le sentiment de parler français à des Français qui n'appréhendaient qu'un brouhaha en m'écoutant. De mes paroles devait se dégager une sorte de musique, mais elle commençait sérieusement à leur écorcher les oreilles, si j'en jugeais par leurs réactions.

On peut tout dire mais peut-on tout entendre? Pour le savoir, j'avais décidé d'aller trop loin mais pas au-delà. On ne s'incline correctement que la tête haute. Je ne finirais pas dans la peau de celui qui refuse de dormir par peur de ne plus se réveiller. Plutôt en finir une fois pour toutes en racontant cette histoire dans un grand journal. Je la publierais le jeudi suivant, jour où la commerçante devait être décorée de l'ordre du Mérite, comme presque tout le monde dans ce pays où les gens sont si friands de hochets de vanité. La cérémonie serait une parfaite chambre d'écho pour le scandale en perspective.

J'avais longuement pesé le pour et le contre tout en sachant pertinemment qu'en bout de course je n'obéirais qu'à mon instinct. Il est bon de débattre

154

avec sa conscience à condition toutefois d'avoir le dernier mot. Les risques étaient évidents. En rendant public le contenu de documents secrets dont je m'étais engagé sur l'honneur à ne pas divulguer la teneur, je me fermerais à jamais l'accès des Archives. Pour un peintre, cela revenait à s'interdire la boutique du marchand de couleurs. Mais il le fallait. De même fallait-il s'exposer à l'éventualité d'un procès en diffamation.

Cette résolution assurait mon passage de la ligne. De l'autre côté, il y avait l'inconnu et un point de non-retour. Tout menaçait de me faire basculer dans un au-delà qui n'aurait rien d'éblouissant. Qu'importe, puisqu'il le fallait.

Comme je ne pourrais produire des documents, je devais impérativement recueillir des témoignages. Il n'y avait rien à attendre du côté des Fechner, et moins encore auprès des Armand-Cavelli. Il ne me restait plus qu'à creuser davantage les pistes trouvées aux Archives. Après avoir retourné en tous sens des textes recopiés avec une patience de scribe, je résolus de retrouver la trace de l'inspecteur qui avait rédigé le rapport d'enquête de 1941 sur les Fechner.

Des Chifflet, la France en comptait un certain nombre. Du mien, je ne connaissais que le prénom et l'âge approximatif. Il devait avoir soixante-quinze ans. Je l'avais déduit de son style, ce qui était assez farfelu, mais je n'en démordais pas. Ou alors il était mort depuis longtemps.

J'écumai les annuaires, interrogeai les amicales de retraités de la police, consultai des généalogistes, fouillai les traités d'onomastique. Rien, du moins rien de valable. Vérification faite, ce n'était jamais le bon. Pourtant au téléphone j'étais toujours bien reçu. Mais face à un tel aveu d'échec, je me demandai si on ne se moquait pas de moi L'anthroponymie ne nous enseigne-t-elle pas que, comme tout dérivé de Chiffle, à l'origine Chifflet désignait un homme railleur ?

Après avoir circonscrit mon enquête à l'Ile-de-France, je résolus de l'élargir au reste de la France. Une fois, après des dizaines de tentatives infructueuses, je crus enfin toucher au but. La voix, au bout du fil, correspondait à la personnalité que je lui prêtais. Une sorte de fermeté dans le ton, un grain assez cuivré, un débit mesuré, c'était peut-être lui. De guerre lasse, j'engageai la conversation :

« Monsieur Chifflet ?

— Oui.

— Robert Chifflet ?

— C'est exact.

— ...

— Qui est à l'appareil ? » demanda-t-il.

Tout ce que j'avais préparé me sembla soudainement caduc. Il avait suffi que surgisse l'instant espéré pour que tout effet fût annulé. Je sentais ce moment à portée de main, pure intuition ne reposant que sur une intime conviction. Deux mots me restaient gravés en mémoire. Les deux seuls que je ne devais pas prononcer : « journaliste » et « historien ».

« Voilà, je suis écrivain. Je voudrais vous rencontrer.

— Moi ? À quel sujet ?

— Pour une enquête, je travaille sur l'Occupation et... »

Il avait raccroché. J'en conclus qu'il y avait finalement quatre mots à ne jamais utiliser en de telles circonstances. Ils fermaient les portes. J'essayai à nouveau, toute la journée. Manifestement, il avait laissé son appareil décroché. C'était bon signe. Cela m'encouragea à lui écrire pour lui demander de me recevoir, fût-ce brièvement. Afin de dédramatiser la situation, je me proposai de passer le voir dimanche, prétextant un séjour dans sa région.

Il me répondit par retour de courrier, usage d'un autre temps.

« Monsieur,

Je n'ai rien à raconter sur cette époque lointaine. Un fonctionnaire n'a pas d'histoire. De plus, je ne m'intéresse pas à la littérature. Enfin, ce week-end, comme les précédents, je me consacre à ma famille. Après je pars en vacances. De toute façon, je n'ai aucune déclaration à faire.

Avec mes regrets et mes cordiales salutations. »

Je n'en espérais pas tant. Rien ne me stimulait comme une fin de non-recevoir. Le dimanche suivant, un car me déposait à Saint-Quay-Portrieux, une commune de la baie de Saint-Brieuc. Juste le temps de humer le parfum des crustacés le long du

157

petit port de pêche et je me rendis à pied chez lui, une maison bourgeoise en plein centre. Quand je sonnai, l'horloge de l'église indiquait une heure et quart.

Un homme d'un certain âge m'ouvrit. Ses cheveux poivre et sel étaient soigneusement ramenés en arrière. Il portait une chemise à carreaux et un pantalon de velours impeccables. Une casquette en tweed trop neuve était accrochée à une patère à l'entrée. Deux chiens jouaient dans ses pieds. Il avait tout du *gentleman farmer* sauf l'essentiel, un je-ne-sais-quoi de patiné qui fait la différence. Les instants qu'il consacra à faire taire les bêtes me permirent de l'observer en détail. Rien de tel que de dévisager un inconnu pour mieux l'envisager ensuite.

« Robert Chifflet ?

— C'est moi..., fit-il mollement en fronçant les sourcils.

— Nous nous sommes déjà parlé l'autre jour au téléphone. Pardonnez-moi de vous déranger un dimanche mais je crois qu'il y a un malentendu, voilà... »

Il secoua la tête de gauche à droite, esquissa une moue en crispant ses lèvres et referma doucement la porte sans dire un mot. Instinctivement, je plaçai mon pied dans l'entrebâillement. Les chiens recommencèrent à aboyer. Comme il s'affairait à les tirer par le collier, j'en profitai pour repousser la porte d'un léger coup d'épaule et pénétrer dans la pièce.

J'étais dans la place. Il ne me restait plus qu'à la

158

tenir le plus longtemps possible. Il eut du mal à contenir sa colère.

« Monsieur, je vous en prie ! Je ne vous ai pas autorisé à entrer chez moi, me semble-t-il. Alors ne m'obligez pas à lâcher mes chiens.

— Monsieur Chifflet, écoutez-moi juste un instant. Je viens de Paris exprès pour vous voir. Je ne peux pas avoir fait tout ce chemin en vain. Il faut impérativement que je vous parle. Non pas de vous mais de madame Armand-Cavelli et de l'affaire Fechner, vous vous rappelez ? la rue de la Convention en 1941...

— Qui ça ?

— Les Fourrures Fechner...

— Ah oui, je vois, vaguement. Mais je n'ai rien à dire, vous êtes venu pour rien, désolé pour vous. »

Il ne me restait plus qu'un argument, un seul avant de m'avouer définitivement vaincu. Généralement, je le conservais par-devers moi de manière à ne l'utiliser qu'en dernière extrémité. Cette arme ultime s'apparentait à une forme de chantage.

« Monsieur, de toute façon, j'écrirai un grand article sur cette histoire. Votre nom sera cité, votre attitude pendant la guerre exposée. S'il y a des erreurs, il ne faudra pas vous plaindre. Personne ne lit les droits de réponse, on sait parfaitement les enterrer, en page verso tout en bas à gauche... Sans compter que je peux être amené à noircir votre action passée par un simple défaut d'interprétation, en toute bonne foi, n'est-ce pas... Croyez-moi, c'est votre intérêt de m'aider. »

Il se gratta la nuque, se retourna, fit trois pas, revint vers moi et m'indiqua une chaise dans l'entrée.

« Je déjeune en famille. Quand j'aurai fini, nous parlerons quelques minutes, si vous voulez. »

Puis il se retira, me laissant seul. Je m'assis.

Aucune porte ne séparait le vestibule de la salle à manger. Une douzaine de personnes, dont la moitié étaient des enfants, se trouvaient réunies. Ils continuèrent à manger, à boire et à parler comme si je n'étais pas là. De leur conversation à voix basse je ne percevais que la rumeur. De temps en temps, l'un ou l'autre me jetait un regard comme on jette un sucre à un chien. D'abord gêné, puis très embarrassé, je ne tardai pas à me sentir humilié. D'autant que l'on ne m'avait rien servi et que je commençais à avoir faim. Je ne cessais de croiser et décroiser les jambes mais cela ne suffisait plus à contenir mon trouble. Je ne pouvais même pas me lever et faire les cent pas ou fureter dans des rayons de bibliothèque. Cette mise à l'épreuve, si c'en était une, me devenait intolérable.

Quelque cinquante ans après, l'ancien inspecteur de la police aux questions juives me mettait au coin. À l'écart, l'étranger. Les siens ne me parlaient pas mais leurs regards me criaient : « Dehors ! » Savaient-ils seulement tout ce que je savais de leur patriarche assis en bout de table ? Dans un autre contexte, je me serais levé et je serais parti. Pas cette fois. La fin justifiait les moyens. Il fallait que je sache pourquoi. En cet instant précis, je ne me connaissais pas de passion plus violente que l'impérieux désir de savoir. Pour enfin comprendre, j'étais prêt à endurer une bien plus cruelle mortification. Mon idée fixe me tenait droit sous les coups et insubmersible sous les crachats. Le goût de la vérité et la volonté de comprendre lorsqu'ils sont portés à leur paroxysme, il y en a que ça tient vifs pendant un siècle. La curiosité peut maintenir en vie. Quelques heures n'étaient rien à l'échelle de toute une vie.

Le châtiment dura jusqu'à seize heures passées de quelques minutes. Alors seulement, après que le café fut servi, Robert Chifflet emporta la cafetière et m'emmena dans la bibliothèque, au rez-de-chaussée, comme si de rien n'était. Il me considéra à l'égal d'un visiteur qui venait juste d'arriver.

«Vous savez, je n'ai pas à rougir de mon passé. J'ai obéi aux ordres... »

La pièce était-elle occupée? Ou trop en désordre? À moins qu'elle ne fût pleine de documents qu'il voulait dérober à mon regard inquisiteur? Toujours est-il qu'il changea d'avis et m'emmena dans une chambre d'enfants. Il s'assit sur la seule chaise. Je n'avais plus qu'à en faire autant sur le premier des deux lits superposés. Je n'aurais su dire ce qui l'emportait, de l'inconfort de la situation ou de son incongruité. S'il avait voulu annoncer la brièveté de notre entretien, il ne s'y serait pas pris autrement.

Pendant une trentaine de minutes, j'eus droit à

un tableau complet de l'Occupation à Paris vu du bureau d'un fonctionnaire. C'est à peine s'il relevait qu'il avait été le zélé serviteur d'une section un peu particulière au sein d'une police qui ne l'était pas moins à une époque assez tendue de l'Histoire de France. Sa vision du monde était si administrative que c'en était désarmant.

Comme toujours en pareil cas, je m'interdis toute contestation. Je n'étais pas là pour le convaincre ou le contrer mais pour lui soutirer des informations. Pourtant les occasions ne manquaient pas. En l'observant tirer sur sa pipe, en l'écoutant réécrire l'histoire à grand renfort de lois et de décrets, je fus pris de nausée. Jamais je n'avais eu ainsi l'occasion de toucher du doigt la banalité du mal.

De cet ahurissant monologue j'émergeai avec une certaine idée, non de l'antisémitisme, mais de l'Administration. Un fonctionnaire, qu'il fût haut ou bas, a-t-il une conscience ? Tout me ramenait à cette question insoluble. En tout cas, s'il avait eu des états d'âme, il le cachait bien.

Ces gens-là sont les pires parce qu'ils sont beaucoup plus répandus, plus invisibles, plus nocifs que les vrais monstres. Ils ont leur morale en devanture, le sens du devoir en bandoulière, et le service de l'État en parapluie. Si ça recommence un jour, il faudra d'abord se méfier d'eux, ceux qui rédigent des rapports et signent des circulaires. En un coup de tampon, ils peuvent envoyer des gens à la mort sans jamais s'interroger sur les effets de leur acte. Dans le crime administratif, la victime est sans visage. Son caractère collectif dilue le crime en faute. Quoi de plus anodin ?

Quand il se leva pour se resservir du café, j'en profitai pour l'interrompre.

« Vous ne m'avez rien dit de l'affaire Fechner...

— Qu'est-ce que vous voulez savoir ? Affaire classique. Des clandestins en plein jour, ils traficotaient avec leur ancienne clientèle, application de la loi, boum ! C'est la vie. Après, ce qui leur est arrivé... Chacun est responsable de ses actes, non ?

— Mais comment les avez-vous retrouvés ?

— Un enquêteur, ça enquête, fit-il placidement. J'étais jeune, j'avais de bonnes chaussures, pas peur de marcher ni de frapper aux portes.

— Mais comment vous êtes-vous introduit chez eux ?

— J'ai donné le nom d'une cliente. C'était le seul moyen de les mettre en confiance. Ils se méfiaient un peu quand même.

— Quelle cliente ? »

Un silence pesant se fit. Robert Chifflet bourra sa pipe refroidie tout en me fixant des yeux. Depuis le début, depuis des heures, depuis notre tout premier échange, il savait exactement où je voulais en venir. Le pervers me laissa encore mijoter quelques minutes. L'atmosphère était plombée. Je ne voyais pas d'issue. En fait, je n'y voyais plus clair. Il en jouait.

« Pourquoi me posez-vous cette question alors que vous avez vous-même prononcé son nom, tout à l'heure, en entrant chez moi ?

— Je veux vous l'entendre dire.

— Moi ? Pas question. C'est affaire de principe, je ne dénonce pas, même pas les dénonciateurs. »

Dire qu'il me fallait subir une leçon de morale de la part d'un personnage au passé si chargé ! Mais j'étais prêt à affronter pire encore. Seul le résultat m'importait.

La porte s'ouvrit. Une femme, la sienne probablement, passa la tête. Il la fit s'éloigner d'un simple coup de menton. Puis il me fixa à nouveau sans dire un mot. Il attendait. Quoi ? je l'ignorais. Mais il attendait et, dans mon état de fébrilité, cela m'était insupportable.

« Monsieur, lui dis-je en me raclant la gorge, je sais qu'il s'agit de Cécile Armand-Cavelli, la fleuriste de la rue de la Convention. Je veux juste que vous m'aidiez à comprendre pourquoi.

— Pourquoi quoi ?

— Pourquoi elle a fait ça. »

Il eut l'air surpris par la modestie de mon projet.

« C'est tout ? Je vous prêtais un plus vaste dessein, quelque chose de plus ambitieux et de plus spectaculaire, comme vous en avez le secret dans les médias...

— Je veux juste comprendre ce qui s'est passé dans son esprit quand elle a franchi la ligne...

— Elle vit toujours ? dit-il, embarrassé. Vous pourriez le lui demander... »

Pour toute réponse, je me contentai de baisser les yeux. Il dut comprendre que je m'étais déjà heurté à un mur. Je m'efforçai de ne pas paraître effondré, ce qui aurait parfaitement reflété mon état de désolation intérieure. Je m'en serais voulu d'avoir manifesté un quelconque signe de faiblesse face à un tel personnage. Il me fallait au contraire lui faire sentir ma détermination et ma froideur, toutes choses qui participaient d'une attitude inflexible.

J'ignore ce qui le décida. Toujours est-il qu'après un long moment il se leva avec une certaine solennité, tourna deux fois la clef dans la serrure. Lorsque nous fûmes enfermés, il reprit sa place. Alors il me parla d'elle.

En fait, il se souvenait parfaitement de cette histoire. Son récit était d'une précision étonnante, si longtemps après les faits. À croire que ça l'avait marqué. Je n'osais imaginer que cette trace profonde dans sa mémoire était due à quelque remords éprouvé vis-à-vis non des Fechner mais de madame Armand. Comme si elle, et non eux, avait été la victime.

Non sans prudence, je sortis un calepin et un stylo de ma poche, et pris son absence de réaction pour un consentement. En l'écoutant, j'avais l'impression de découvrir pour la première fois la vie souterraine d'une inconnue. Au fur et à mesure de son récit, je me rendais compte que l'on ne sait rien d'un être tant qu'on est incapable de situer la faille par laquelle tous ses secrets s'engouffrent jusqu'à se mêler à son sang et irriguer son esprit.

Dès les premiers jours de 1942, l'inspecteur Chifflet s'était présenté chez Armand Fleurs dans le cadre de son enquête de voisinage. Cécile Armand-Cavelli avait répondu par la négative à toutes ses questions. Non, elle ne savait pas où se trouvaient les Fechner, où ils se cachaient, de quoi ils vivaient, elle ne savait rien. Le lendemain, après avoir épluché l'un des fichiers abandonnés par le fourreur dans sa fuite, il trouva son nom. Elle était leur cliente. Il revint à la charge. Oui, c'était exact, mais elle assurait n'avoir pas entretenu de relations personnelles avec eux, en tout cas pas assez pour qu'ils se confient à elle.

L'inspecteur avait laissé passer une semaine avant de récidiver. Avec, en poche, une de ces propositions dont on dit qu'elle ne se refuse pas. Il avait appris que la jeune femme était folle d'inquiétude pour Victor, son frère aîné, qu'elle aimait au-delà du raisonnable. Interné dans un stalag en Allemagne, d'où il s'était trois fois évadé, avait été trois fois repris, il faisait l'objet de mesures disciplinaires strictes. Depuis, elle était sans nouvelles de lui et craignait le pire. Des tortures physiques ou morales qu'il ne supporterait pas, une nouvelle évasion trop risquée, un suicide, elle avait imaginé tous les scénarios.

Chifflet lui proposa donc un marché : le retour du prisonnier de guerre en échange de sa coopération (il évitait le mot « collaboration »). Donnant donnant. Il la tenait, il ne la lâcherait plus. Ce genre de chantage se pratiquait couramment. Le Maréchal avait même officiellement encouragé le procédé au nom d'une certaine idée du civisme. Il

166

entendait en faire l'une des vertus cardinales de la nouvelle France. L'occupant lui-même n'hésitait pas à faire libérer des prisonniers de guerre dont les familles avaient donné des « informations » (d'autres appelaient cela plus prosaïquement des dénonciations) après des attentats contre des officiers allemands.

Deux jours durant, elle se rongea les sangs. Un vrai cas de conscience. L'antisémitisme n'était pas en jeu. Les Juifs, elle n'en parlait jamais, ni en bien ni en mal. Elle les ignorait, ne les voyait pas, si ce n'est en face de son magasin depuis des années. Quand elle allait à leur rencontre, ce n'étaient plus des Juifs mais des fourreurs. Qu'est-ce qui la gênait alors dans un tel marché ? Rien de considérable, une simple question de principe, mais de ceux qui engagent, ordonnent et gouvernent une vie. Sur un plan purement moral, elle jugeait qu'un tel comportement était indigne d'une chrétienne. On ne dénonce pas son prochain, c'est tout. Il n'y a rien à expliquer. Tant pis pour ceux qui ne comprennent pas.

Pourtant, quand l'inspecteur revint la voir, elle accepta sa proposition. De mauvaise grâce, mais elle l'accepta. Elle s'y était résolue à cause d'une phrase qu'avait prononcée le policier en partant, une seule, lâchée à tout hasard mais qui l'avait empêchée de dormir. Il lui avait dit qu'elle avait le choix entre sauver la vie de son frère et sauver celle des Fechner.

Une fois son accord obtenu, il posa une condition supplémentaire : elle devait écrire une lettre de dénonciation localisant précisément les Fechner. Rien de tel pour ouvrir une enquête. Le commissaire l'exigeait. D'un point de vue administratif, c'était plus correct. Là encore, elle se fit prier mais plia sous réserve que la lettre fût strictement anonyme. Ce qui fut fait.

Quelques jours après, l'inspecteur Chifflet réussissait à entrer chez les Fechner avec pour tout sésame le nom de madame Armand.

Deux mois s'écoulèrent. Le commissaire écrivit en personne à madame Armand pour l'informer du succès de l'opération et la remercier de son aide. Une lettre qu'elle s'empressa de détruire..

À la manière dont il reposa sa pipe sur le cendrier du guéridon, je compris que son récit était terminé même si l'histoire ne l'était pas. C'était sa vérité. Je n'étais pas forcé de le croire mais il n'était pas obligé de me parler. Tout était tacite.

Des zones d'ombre subsistaient. En fait, bien que Chifflet m'en ait beaucoup appris, le mystère s'épaississait. Dehors, il commençait à faire nuit. Pour autant il n'avait pas allumé, réflexe que j'avais souvent relevé chez les personnes âgées. Nous nous enfoncions dans la pénombre. J'avais du mal à lire mes notes.

J'aurais voulu l'interroger plus avant. Il dut le deviner à la façon dont je me tenais, à moitié assis sur le matelas du lit, les pieds dressés dans mes chaussures, prêt à bondir. Le signe qu'il esquissa d'un mouvement des deux mains ne me laissa aucun espoir. Manifestement, il n'avait jamais autant parlé de cette époque. Dans l'instant, j'aurais été incapable de dire s'il s'était vidé, déversé ou soulagé. Mais une chose est sûre, il ne paraissait pas être exactement le même qu'à mon arrivée quelques heures auparavant.

« Et après ? risquai-je à tout hasard.

— Après la guerre, vous voulez dire ? Je ne sais pas. J'ai été muté dans un autre service. Beaucoup d'anciens collabos en déroute se cachaient sous de faux noms. On avait besoin d'enquêteurs aguerris. J'avais fait mes preuves. C'est une technique, vous savez... À force, je la maîtrisais. Mais j'en ai vite vu le bout. On ne s'enrichit pas dans la police. Et puis la hiérarchie, les promotions, tout ça... Quelques années ont passé. J'ai quitté la capitale et monté une petite entreprise de menuiserie, ici, en Bretagne. »

Il se leva et me raccompagna à la porte de sa maison. Cette fois, les chiens se contentèrent de renifler le revers de mon pantalon. Était-ce une habileté de sa part, une manœuvre perverse ou tout simplement un brusque retour de mémoire ? Toujours est-il que, juste après m'avoir salué, il ajouta : « Vous devriez voir un peu la presse de la Libération, on ne sait jamais, entre les lignes on trouve toujours des choses... Pas les grands journaux, les feuilles locales, si elles existent encore... Enfin, ce que j'en dis... »

Dès le lendemain de mon retour à Paris, je me précipitai à la mairie du XVᵉ arrondissement. La bibliothèque était à l'abandon. Cette indifférence faisait mon affaire. Je m'y plongeai en hâte et ne tardai pas à trouver la collection du *Nouvelliste du petit quinzième*. Une seule reliure avait été vidée de son contenu, celle qui indiquait « 1940-1944 ». Instruit par l'expérience, je n'en fus même pas surpris. Curieusement, en France, les lacunes documentaires ou bibliographiques coïncident presque toujours avec ces années-là. C'est étrange.

Plutôt que de terroriser une pauvre préposée, je consacrai quelques heures à localiser une annexe de la mairie de Paris, dépôt méconnu situé dans la proche banlieue, où l'on stockait des collections complètes rarement demandées.

Une fois rendu, j'obtins sans mal ce que je cherchais. J'épluchai directement, ligne à ligne, les exemplaires de l'été, de l'automne et de l'hiver 1944. Jusqu'à ce que je trouve à la rubrique « Épuration » une série d'articles, mal rédigés et bourrés de coquilles. La photocopieuse étant en panne, je les imprimai mentalement avant de les recopier. Je les relus plusieurs fois intensément pour bien m'en imprégner. En vérité, je n'en croyais pas mes yeux.

Plus j'avançais dans ma lecture, plus je découvrais une femme dont j'avais du mal à croire qu'elle était toujours ma cliente.

8

N'écrivez jamais. Même l'anonymat laisse des traces.

Dès la fin de l'été 1944, dans certaines administrations, quelques fonctionnaires plus ou moins issus de la Résistance s'étaient installés dans le fauteuil de ceux-là même qui l'avaient occupé quatre ans auparavant à la faveur du grand coup de balai. Au ministère de l'Intérieur, l'un d'eux tomba sur des dossiers qu'il analysa sans tarder.

Là se trouvait, parmi beaucoup d'autres, une lettre de dénonciation. Y était agrafé le double d'une lettre de remerciement adressée par le commissaire à une certaine Cécile Armand-Cavelli.

L'affaire fut lancée avec une grande célérité. Des policiers en tenue se présentèrent chez Armand Fleurs et emmenèrent madame Armand sous les yeux de son mari éberlué. La garde à vue dura quarante-huit heures. Les interrogatoires l'épuisèrent. Quand elle revint, le quartier était en ébullition. Tout le monde savait. Mais quoi ?

La rumeur avait serpenté dans toutes les boutiques. Certains disaient que la scélérate devait sa fortune au marché noir, d'autres qu'elle couchait avec des Allemands. Il y en eut même pour lui prêter un amant haut placé sous le prétexte qu'un officier de la Wehrmacht achetait régulièrement des fleurs chez elle. On commençait déjà à s'interroger sur la véritable origine de son bébé, né à la fin de 1943. Des mensonges, rien que des mensonges. Mais la vérification n'était pas de saison.

Dans la folie de la Libération, ce qui n'était qu'un improbable murmure devint vite un insupportable bourdonnement. Chacun déversa son trop-plein de haines recuites.

L'après-midi même de son retour au magasin, madame Armand fut à nouveau arrêtée. Cette fois, c'était plus grave. Une dizaine d'hommes portant des brassards firent irruption, bousculèrent les vases et le personnel, l'attrapèrent sans ménagement par le bras et la poussèrent dehors. La petite troupe processionna ainsi rue de la Convention. Une foule de badauds et de voisins ne tarda pas à s'y agglutiner.

Des enfants chantaient à la tête du cortège. Une vieille lui cracha dessus. Des femmes l'insultèrent. L'une d'elles s'avança à sa rencontre et la gifla avant d'être brutalement repoussée par l'un des justiciers. Puis tout alla très vite.

Madame Armand se retrouva assise sur un tabouret apporté tout exprès d'une boutique. Un jeune homme à brassard s'improvisa coiffeur. Sous les rires de la foule, il lui coupa les cheveux à grands coups de ciseaux désordonnés. Puis il se saisit d'une tondeuse et s'employa à lui raser la tête tandis qu'un autre lui tenait les bras par-derrière au cas où elle aurait l'idée de se débattre. Elle ne pouvait pas échapper à ce rite d'exorcisme ni se soustraire à ce châtiment sans appel. Sa rue en avait décidé ainsi sans autre forme de procès.

Quand il eut achevé sa besogne et que son assistant eut relâché sa pression, alors que les quolibets redoublaient, elle se leva, tituba sur quelques mètres, les yeux baissés, incapable de regarder quiconque en face. Puis elle pressa le pas et se mit à courir jusqu'à son magasin, où elle s'enferma. Ce n'est que tard dans la nuit qu'un voisin vit se lever le lourd rideau de fer et des ombres s'enfuir.

Dans la chute de son dernier article, le reporter écrivait qu'elle avait échappé au pire. Non pas la mort car on n'exécutait pas ces femmes-là, mais l'humiliation absolue. Elle devait s'estimer heureuse de n'avoir pas été dénudée quand tant d'autres n'avaient pas eu assez de leurs deux mains pour dissimuler leur sexe et leurs seins au voyeurisme de la populace.

J'examinai les photos du reportage. Sa robe claire était effectivement intacte. Une jolie robe d'été immaculée, pas même déchirée. À peine remarquait-on des zones d'ombre. Elles étaient dues aux grappes de cheveux qui s'y étaient déposées.

Par acquit de conscience, je photographiai les

clichés avec un appareil que je conservais toujours au fond de mon sac. Puis je repris le train de banlieue qui me ramena à Paris.

En dévisageant les voyageuses, j'avais du mal à ne pas les imaginer la tête rasée. J'eus le sentiment d'être cerné par une noria de fantômes. Leur regard exprimait une infinie tristesse et leur bouche un total mépris pour la société des hommes. Le malaise était tel que je changeai de wagon et me plongeai dans mon calepin.

Au feuilletage, une liste de noms apparut en premier, ceux que j'avais relevés sur une plaque à l'église, le jour où j'y avais suivi ma fleuriste. Depuis, ils s'étaient perdus dans le fatras de mes notes et s'étaient fait oublier.

La lecture de ce tableau avait quelque chose de fascinant. Chaque patronyme évoquait un monde par la seule vertu de son énoncé. Tous promettaient une histoire originale bien qu'ils fussent également regroupés dans la catégorie des héros et des combattants disparus pendant la dernière guerre. Tous des paroissiens de Saint-Lambert-de-Vaugirard morts en captivité, en déportation, au maquis ou au front. Blaise Huet, Georges Fallut, Philippe Liotard, Louis Cuchas, Robert Dandurand, Victor Cavelli, René Maugras, Alain Lefrançois, Émile Maugin, Charles Alavoine, Rémi Georges, Léon Labbé, Michel Maudet, Bernard de Jonsac...

Quelque chose me troublait au-delà du sacrifice de ces hommes. Soudain pris d'un doute, je remontai en amont de ma liste en m'aidant d'un doigt fébrile. Jusqu'à un nom. Celui de Victor Cavelli. Lui aussi mort pour la France, loin des siens, en captivité. C'était bien son frère, celui pour lequel elle avait violé sa conscience, renié ses convictions, vendu son âme au diable.

Tout ça pour rien.

Cette nuit-là, comme je n'arrivais pas à dormir, je tuai le temps en développant mes photos. Je choisis la reproduction la moins mauvaise et en fis un agrandissement au format d'une affichette de théâtre.

Malgré la mauvaise qualité du tirage, on reconnaissait une femme tondue marchant dans la rue, escortée par une foule hostile. C'était elle. Les autres visages ne me disaient rien. Des anonymes de la Libération. À l'exception d'un d'entre eux, un jeune commerçant. Il se tenait en retrait derrière la porte de sa boutique comme s'il avait peur de sortir.

Grave, sombre, effrayé même, il était le seul à ne pas sourire, résolument étranger à la liesse. L'angle de prise de vue ne permettait pas de lire son enseigne. De plus, comme il se tenait au second plan par rapport au personnage principal, il baignait dans une sorte de flou bien peu artistique. Une analyse de cette partie de l'image, à la loupe, grain par grain, eut raison de ce mystère. Le marginal du carnaval, le seul homme qui n'avait pas pris part à la fête, n'était autre que monsieur Adret, le propriétaire de Au Huit-Reflets.

Je disposai certaines de mes notes sur le sol de l'appartement, en punaisai d'autres aux murs, fixai les dernières le long d'un fil avec une pince à linge. Ainsi espérais-je avoir une vue panoramique de ce qui m'obsédait depuis des semaines. Cette histoire était devenue mon problème. Moi seul avais le pouvoir de le résoudre. Ou pas. Car nul autre que moi n'était précisément agité par cette inquiétude.

Vue de haut ma récolte était impressionnante. Les pièces du puzzle s'emboîtaient difficilement. Une vie est comme une ville. Pour la connaître, il faut s'y perdre. J'étais servi. Un guide des égarés ne m'aurait pas suffi à trouver la sortie du labyrinthe. Ce drame s'était joué au cœur de Paris, sur trois cents mètres de bitume, entre trois magasins, un bistro, une église. La France en réduction. Mais lorsque je fermais les yeux, une image se dessinait nettement dans mon esprit. Une image exceptionnelle en ce qu'elle réunissait dans le même cadre la réalité et son reflet.

On y distinguait une femme sans âge, dans la rue. Elle était arrêtée devant la devanture d'un miroitier. La glace de laquelle elle détournait son regard lui renvoyait l'écho de son corps mais pas celui de son âme. Comme le saint Georges de son église, elle n'était qu'une silhouette sans visage.

En rouvrant les yeux, j'éprouvai une curieuse sensation. Jamais je ne m'étais senti aussi biographe qu'en me laissant ainsi entraîner aussi loin de toute rigueur biographique. J'apercevais un nouveau chemin. Un peu moins d'Histoire, un peu plus

176

d'histoires. Rien ne pouvait plus me résister. Il était temps. Quand tout arrive mais que rien ne se passe, la raison commence à vaciller. Elle sombre et nous déséquilibre définitivement dans sa chute lorsque nous prenons conscience que certains mots semblent brûler d'une tragédie souterraine.

J'observai à nouveau mon puzzle. Il était presque complet, comme peut l'être un destin inaccompli. Il me manquait quelque chose qui s'annonçait essentiel, le genre de pièce qui peut tout anéantir si on la place à mauvais escient. Après, il ne reste plus qu'à tout recommencer. Ou à renoncer une fois pour toutes.

Le lendemain, je postai la photo à l'intention du miroitier. Au dos, j'avais écrit quatre mots longuement médités, le genre de citations obscures qu'il affectionnait : «*Per speculum in aenigmate*». Mon nom et mon adresse figuraient sur le rabat de l'enveloppe. Sans plus de précision. La réaction ne se fit pas attendre. Quand le téléphone sonna, je savais que c'était monsieur Adret.

«Que comptez-vous faire de ça ? demanda-t-il d'emblée.

— La publier dans le cadre d'un long article dans un grand journal.»

Il y eut un silence.

«Vous parlerez de moi ?

— Nécessairement.»

À nouveau une pause. Elle me parut interminable.

« Je n'y tiens pas, insista-t-il. Ce n'est pas mon genre.

— Je n'ai pas le choix. Si vous m'aidez, la marge d'erreur sera minime. Sinon, il ne faudra pas vous plaindre après. Ce sera trop tard. Comprenez-moi bien : la machine est lancée, elle s'est emballée, je ne trouve plus le frein. Alors j'irai jusqu'au bout.

— Et tout ça uniquement pour comprendre ? interrogea-t-il sur un ton dubitatif. Vous pouvez m'assurer qu'il n'y a pas de vengeance là-dessous, ni de recherche du scandale, ou que sais-je encore ?

— Je vous le jure. »

Il refusait que des voisins nous vissent à son magasin, ou de se retrouver face à moi dans un café. Pour ma part, je voulais éviter une confession téléphonique. Il me fallait impérativement le voir, fût-ce mal, de biais ou même de dos. Je devais le sentir, le toucher au besoin, pour mieux entendre ce qu'il avait à me dire. Quand je compris qu'en la circonstance l'affrontement le gênait plus que tout, je lui proposai un compromis.

Une heure plus tard, je retrouvai monsieur Adret au parc Monceau, autour d'un étang bordé de colonnes corinthiennes. Plus que les bosquets, le petit pont ou la naumachie pourtant à l'abri des regards indiscrets, cet endroit pourtant exposé était le coin préféré des amants.

Nous nous assîmes sur un banc, côte à côte. Il observait le ballet des canards sur le plan d'eau à nos pieds. Sans jamais me regarder, il me parla d'un ton apaisé. J'en déduisis qu'il s'installait dans la durée et qu'il ne fallait surtout pas l'interrompre. Tant pis pour les blancs et les silences.

Durant l'hiver 1944-1945, dans les semaines qui avaient suivi sa déchéance publique, madame Armand avait disparu. Son mari tenait le magasin. Les premiers temps, les gens du quartier n'osaient pas y entrer. Puis la vie reprit son cours. À nouveau on y acheta des fleurs comme avant. Comme si de rien n'était. Quand une commerçante lui demandait sans une once de malice des nouvelles de sa femme, il répondait qu'elle était souffrante et se reposait chez ses parents en province. En vérité, elle s'était cloîtrée chez elle.

Cécile Armand-Cavelli, alors âgée de vingt-cinq ans, était traumatisée par une épreuve qu'elle avait vécue non seulement comme une intolérable humiliation mais comme une injustice absolue. Elle en voulait à la terre entière. Il ne se passait pas un instant sans qu'elle en ressente les stigmates jusqu'au plus profond de son être. Chaque jour, elle s'enfonçait un peu plus dans la mélancolie et dans l'indifférence.

La société l'avait punie pour un crime qu'elle n'avait pas commis, à défaut de la châtier pour celui qui était vraiment le sien. À croire qu'il s'agissait simplement de lui rendre la vie infernale. De la transformer en une vallée de larmes.

Son image lui faisait horreur. Elle ne la supportait plus. Elle s'impatientait de voir sa chevelure repousser et de pouvoir à nouveau jouer avec ses mèches comme avant. La honte la submergeait à l'idée que des hommes puissent la voir ainsi. Cette obsession lui interdisait toute promenade. La nuit tombée, elle se risquait parfois en ville, la tête couverte malgré le temps clément. Mais son foulard désignait la pestiférée comme une coupable aux yeux du monde aussi sûrement que, plusieurs mois avant, ces écharpes posées nonchalamment des deux côtés du cou par de jeunes Juives soucieuses de dissimuler leur étoile jaune.

Sur son injonction, un employé du magasin avait retiré tous les miroirs de son appartement. Tous sauf un, une grande psyché que son mari tenait à conserver dans la penderie de leur chambre pour s'habiller.

Témoin de sa douleur, il compatissait. Mais une sérieuse incertitude subsistait. La rumeur avait fait des dégâts. Elle avait instillé le poison du doute dans son esprit. Il ne regardait plus leur enfant avec les mêmes yeux. Quand bien même il aurait donné foi à ses dénégations et tenu compte de la rage d'une foule lorsqu'elle est livrée à elle-même, il ne pouvait oublier sa première arrestation, la garde à vue et les interrogatoires. Tout de même, il n'y a pas de fumée sans feu. C'est ce qu'il disait quand il se confiait à un ami.

Sa femme lui était devenue étrangère. Il n'avait même plus envie de rentrer chez lui, retardait le plus possible l'heure de fermer le magasin puis celle de quitter le café

Un jour, Cécile Armand-Cavelli n'y tint plus. Au

moment où tant d'autres se quittaient en changeant de nom, elle aurait voulu elle aussi s'absenter de soi mais plus radicalement, pour cesser d'être la proie de son visage douloureux. Se délivrer enfin de son reflet. C'était probablement l'ultime recours d'une femme qui n'arrivait plus à descendre en elle, à explorer ses ténèbres, à faire reculer la nuit.

C'est inouï, tout ce qu'on a pu inventer pour sortir du cercle de l'enfer. Mais en dernière analyse, on en revient toujours à la mort volontaire.

À force de se pencher sur son passé, madame Armand finit par y tomber. Sa détermination à traverser le miroir n'était pas mue par la fascination de l'au-delà. En se donnant la mort, elle ne voulait pas se tuer mais supprimer son effigie. Se défaire de son image sur terre en en pulvérisant le reflet.

Alors qu'elle était seule chez elle, elle sortit la psyché de la penderie et la transporta au milieu du salon. Puis elle prit son élan. Après quoi elle se jeta dessus à corps perdu, le front en avant, en hurlant. Une fois, deux fois, trois fois... Puis elle s'ouvrit les veines des deux poignets avec des débris de son image fracassée. Elle se coupait d'elle-même. Elle se reconnut enfin en apercevant son reflet dans le miroir en morceaux. Alors elle perdit connaissance.

Le choc avait été tel que des voisins étaient accourus. Inquiets de ne plus rien entendre à travers la porte, ils alertèrent la concierge. Quand elle ouvrit, ils furent horrifiés.

La jeune femme gisait dans une mare de sang et de verre. Un râle atroce exprimait encore la vie en elle. Des larmes rouges s'échappaient de ses yeux. Son visage était piqueté d'éclats. Certains morceaux, plus gros que d'autres, s'y étaient plantés. Les joues, le cou, le front en étaient hérissés. C'est pourquoi d'un même mouvement, par un réflexe naturel, on fit venir en urgence le médecin et le miroitier.

Ils ne surent pas comment la prendre. Chacun était convaincu que l'autre aurait plus de doigté. Les deux hommes la manipulaient avec d'infinies précautions, conscients que la moindre maladresse pouvait lui être fatale. L'un s'employait à poser tant bien que mal des garrots pour arrêter l'hémorragie. L'autre essayait de retirer des bouts de verre du visage à l'aide d'une pince à épiler trouvée par une voisine dans la salle de bains. Jusqu'à ce que l'ambulance arrive enfin.

Elle fut opérée à plusieurs reprises. On la raccommoda. Pour autant elle n'était pas réconciliée avec elle-même. On l'envoya passer quelques semaines dans un hôpital spécialisé dans ce genre de troubles. Cela se fit contre son gré car elle avait toujours refusé de médicaliser sa souffrance.

Un dimanche, devant son mari, qui lui avait rendu visite, des psychiatres évoquèrent son cas dans des termes dont le sens lui échappa. Le plus âgé d'entre eux expliquait à des internes qu'elle souffrait probablement d'autoscopie ou d'héautoscopie. C'est ce qu'il avait pu glaner de leur conversation. Le psychiatre disait aussi qu'elle avait eu une crise d'hallucination spéculaire à force de ne plus reconnaître son image telle que sa glace la réfléchissait. Elle ne supportait plus de la voir projetée hors d'elle-même. Un interne demanda s'il fallait étudier son cas parallèlement à celui de ces malades que l'on confinait dans une pièce tapissée de glaces afin de les préparer à un contact avec la réalité.

Bien que son état ne fût pas entièrement satisfaisant, on ne put la garder plus longtemps. Après la capitulation allemande et la libération des camps, on attendait le retour massif des prisonniers et déportés. Les hôpitaux avaient reçu l'ordre de faire de la place. Le cas de Cécile Armand-Cavelli n'était plus préoccupant. En tout cas nettement moins que ce qui s'annonçait.

À sa sortie, elle ne savait plus très bien qui elle était. Il lui fallut quelques semaines pour se rassembler. Son regard exprimait les restes d'un chaos intérieur. Elle tenait bien sur ses jambes, ses gestes étaient parfaitement coordonnés mais quelque chose d'imperceptible vacillait encore en elle.

À la fin de l'été 1945, un an après les événements, elle reprit sa place au magasin. Son premier geste fut de le vider de ses glaces. Son mari la quitta aussitôt, la laissant seule avec un enfant. Nul n'entendit plus jamais parler de lui.

Bien qu'elle pût à nouveau arborer sa coiffure d'avant, elle semblait avoir vieilli d'un coup. Son

183

visage était encore assez couturé. Mais les chirurgiens lui avaient assuré qu'un jour les cicatrices se confondraient avec de petites rides. Bientôt il n'y paraîtrait plus. Quand son enfant serait en âge de comprendre, elle ne se douterait de rien car il n'y aurait plus de traces visibles. Tout serait à l'intérieur. Maudit soit celui qui éventerait le secret. Sa fille ne devait pas savoir, elle ne saurait jamais.

Madame Armand reprit ses relations cordiales avec les commerçants les plus proches, le fourreur, la boulangère, l'épicier, la bouchère, le bistro. Mais pas le miroitier, comme s'il était responsable de sa consomption.

Elle l'évitait autant qu'elle évitait son magasin, par crainte de retrouver son passé honni tant dans ses yeux que dans ses glaces. Elle l'aurait bien tué, ne fût-ce que pour supprimer ce regard spéculaire qu'il portait sur elle. Elle savait qu'il savait. Madame Armand n'entendait pas partager son secret avec quiconque, elle qui ne fuyait pas son ombre mais son reflet. Le miroir, cul de Satan, était bien une entreprise du démon.

La gorge nouée, monsieur Adret interrompit là son récit. Manifestement, il ne souhaitait pas aller plus loin. La pudeur m'interdisait de le pousser plus avant. Penché en avant, les coudes sur les genoux, il regardait l'écho de notre image dans l'eau verdâtre de l'étang. Deux silhouettes songeuses saisies en contre-plongée, parfaitement encadrées par des branches d'arbres harmonieusement disposées au-dessus de leurs têtes.

Alors le miroitier saisit un caillou et le lança. En une fraction de seconde, la carte postale n'était plus qu'une succession de cercles concentriques. Il n'avait pas tué l'image mais sa poésie. Puis il se retourna vers moi pour la première fois.

« Maintenant, vous savez tout, vous qui brûliez de tout savoir. Mais est-ce que vous comprenez mieux pour autant ? »

Il n'attendit même pas une réponse, que j'aurais été bien incapable de lui fournir, et s'en alla. Je l'observai s'éloigner, le dos voûté, les mains dans les poches, le regard perdu dans le vague. Soudain, il s'arrêta, se retourna et revint vers moi comme s'il avait oublié quelque chose sur le banc. Il chaussa ses lunettes, sortit de son portefeuille un bout de papier froissé et le déchiffra plus qu'il ne le lut.

« *Per speculum in aenigmate ?*

— Saint Paul voulait dire par là que nous voyons toute chose à l'envers lui répondis-je. On prend conscience que le miroir reflète la vie mais dans un tout autre sens. Alors on se demande si l'on est vraiment ce que l'on croit être. »

Il repartit songeur, cette fois pour de bon.

Je restai un long moment seul sur le banc. Il n'y avait qu'un mot pour résumer mon état : « confusion ». Je me sentais confus en tout, à tous points de vue, dans toutes les acceptions du terme. Marcher n'améliora guère ma situation. J'étais déchiré

185

entre colère et compassion sans être bien fixé sur leur répartition. Je m'en voulais et je la plaignais, je lui en voulais et je me plaignais, je m'en voulais de la plaindre et je la plaignais de m'en vouloir... C'était sans issue.

La solitude de cette femme me hantait désormais. Je songeais à ce qu'avaient dû être ses nuits. À son mutisme quand je l'avais humiliée dans l'autobus. À ses larmes ensuite. À ses mots derrière les mots enfin, rue d'Arcole, quand tout en elle me hurlait : « Les Juifs ne sont pas les seules victimes, j'ai trop souffert, j'ai droit à la prescription moi aussi, laissez-moi, laissez-moi... » Alors, alors seulement, mû par une réaction épidermique au monopole de la douleur, j'éprouvai une sourde culpabilité vis-à-vis d'elle.

Soudain, je me précipitai dans une cabine téléphonique pour composer le numéro d'Armand Fleurs. Je reconnus sa voix.

« Qui est à l'appareil ? dit-elle posément.

— Madame, c'est moi, vous savez... Il faut absolument que je vous voie. J'ai tout retrouvé, je sais tout, il y a un malentendu entre nous, je dois vous parler, je vous en prie... »

Elle avait raccroché. J'avais dû l'effrayer par la cadence infernale de mon débit. Mais je voulais en dire le maximum avant qu'elle ne coupe. Il fallait qu'elle sache ma confusion. Je ne voulais pas m'en excuser mais m'en expliquer. J'aurais voulu que mon attitude lui inspire cette indulgence qu'on éprouve pour les fautes qu'on a fait commettre à d'autres. C'était trop, probablement. Nous nous serions engagés sur une voie dangereuse. Quelle tête aurais-je fait si elle avait évoqué le pardon des offenses ?

J'appuyai sur la touche Bis. À nouveau sa voix, plus grave, plus sèche.

« Ne raccrochez pas, Madame, je ne suis pas très loin, j'arrive tout de suite et nous allons enfin... »

Elle avait déjà coupé. Un taxi s'était arrêté au feu. Je m'y engouffrai.

La rue de la Convention était bouchée par un embouteillage. Je continuai à pied. Les automobilistes s'énervaient. Un concert d'avertisseurs menaçait. On entendait une ambulance au loin. Plus je remontais la file des voitures bloquées, plus la tension s'accentuait.

Un attroupement s'était formé au milieu de la chaussée entre les Fourrures Fechner et Armand Fleurs. Je me frayai un passage parmi les badauds contenus à grand-peine par un policier.

Madame Armand gisait au sol, étendue sur le dos. Un mince filet de sang s'échappait de sa bouche. Sa tête reposait dans les bras de Monsieur Henri. Il demanda à son apprenti de lui apporter de la tricotine dont il se servait pour rendre plus douillets les manteaux d'astrakan. Puis il en fit un petit coussin qu'il glissa délicatement sous la tête de la gisante.

Des passants se proposèrent pour la transporter dans son magasin. Là elle fut allongée dans l'entrée au milieu des fleurs. Comme au cimetière. Ne manquait que la tombe. Nul ne se doutait que la tombe était en elle. Depuis la Libération, elle n'avait pas cessé de la creuser.

Ses yeux étaient bien ouverts. Elle remuait les lèvres. Monsieur Henri se pencha vers elles et approcha son oreille droite. Il murmura à son tour quelques mots inaudibles. Puis il lui ferma les paupières. Un conducteur de la RATP en bras de chemise était à ses côtés, la tête dans les mains. Le grésillement du téléphone, dans sa cabine, l'arracha à son désarroi.

Autour d'eux, je reconnus plusieurs commerçants. Un genou à terre, François Fechner voulait se rendre utile en se tenant près de son père. Quand il me vit, il se releva, fit le tour du cercle et me rejoignit. Il me prit par le bras.

« Maintenant, tu sais tout. Tu connais les faits et les événements. À quoi bon ?

— Je n'écrirai rien sur tout cela, lui dis-je.

— Mais il ne faudrait pas que la culpabilité change de camp, ajouta-t-il aussitôt. Tu me comprends ? Sinon, on n'en finira vraiment jamais avec cette histoire. »

Je hochai la tête. Son visage s'éclaira d'un large sourire. Nous reprîmes nos places dans le cercle.

Quand je croisai le regard du miroitier, je fus traversé d'un frisson. On lisait dans ses yeux qu'il était enfin délivré d'un secret trop lourd d'avoir été porté trop longtemps. Des pompiers arrivés en courant interrompirent notre échange muet. Lorsqu'ils eurent emmené le corps sur une civière, je me mêlai aux badauds pour écouter les différents témoignages.

Aussitôt après mon appel téléphonique, Madame Armand était sortie précipitamment de son magasin. Elle avait l'air à nouveau déstabilisée, comme si elle avait reçu un choc. À l'arrêt où elle attendait le bus, on remarqua son impatience à la fébrilité avec laquelle elle guettait son arrivée. Au moment précis où le véhicule s'engagea le long du trottoir pour charger, elle se retourna. Juste derrière elle un voyageur portait de ces lunettes de soleil aux reflets aussi puissants que des verres-miroirs. Épouvantée par ce qu'elle y vit, elle fut déséquilibrée, trébucha sur le trottoir et tomba sous les roues...

Inutile d'en écouter plus. La rue n'allait pas tarder à retrouver sa physionomie habituelle. J'aperçus Monsieur Henri de dos et le hélai. Quand nous fûmes nez à nez, je découvris un homme au comble du désenchantement.

« Que vous a-t-elle dit ? lui demandai-je.

— Rien.

— Mais si ! Je vous ai vu tout à l'heure vous pencher... »

Je l'accablai de questions plus précises les unes que les autres, et tentai de le retenir par la manche. Ma frénésie était déplacée. Le vieux fourreur se dégagea doucement de mon emprise. En le regardant s'éloigner sans un mot, je me dis que ce devait être cela, la sagesse. Être capable d'expliquer le Mal et se taire.

Puis il rentra dans son magasin et reprit sa place.

Alors seulement je compris qu'il avait toujours su la vérité.

9

Les vacances s'achevaient. Les Parisiens rentraient de villégiature. Je revenais d'un long voyage, moi aussi, mais sans avoir quitté la ville. Comment expliquer que ce que je croyais avoir enfin trouvé m'apprenait ce que je cherchais confusément depuis des années ? Comment exprimer que cette exploration m'avait bouleversé à jamais ? Ayant trop à dire avec trop peu de mots, je résolus de me retrancher dans le mutisme.

Je retrouvai pour quelques jours encore le chemin de la bibliothèque. Les lecteurs semblaient toujours aussi absorbés par leur chute dans le temps.

Aux Archives, j'ai fini par mettre la main sur le dossier de Désiré Simon. Le romancier n'était pas juif. Mais il avait bien été dénoncé comme tel par des confrères jaloux de son succès. Une enquête avait bien été ouverte sur son cas. Une officine de police l'avait bien menacé du pire s'il n'établissait pas la preuve de ses origines. J'ai retrouvé les rapports et les lettres. Lui et sa famille avaient vraiment failli être arrêtés, internés, déportés.

Pour une fois, il n'avait pas menti.

Une dizaine d'années ont passé. Il m'arrive souvent de penser à Cécile Armand-Cavelli. Je ne sais pas tout de son histoire. Des zones d'ombre subsistent. À défaut de l'avoir mieux connue, je n'ai jamais vraiment fait l'effort d'en savoir plus. La vie est trop brève pour qu'on la gâche en remettant continuellement ses pas sur d'anciennes traces.

Sa fille a cédé l'affaire et s'est installée ailleurs, dans une autre ville peut-être. Dans la vitrine, des vêtements ont remplacé les fleurs.

Depuis qu'elle est morte, j'ai perdu mon seul lien avec l'invisible. Non que le reste soit sans mystère. Mais en suivant le destin de cette femme, je n'ai pas seulement touché du doigt l'ambiguïté. Elle m'a emmené très loin du monde intérieur qui avait toujours été le mien. À mon retour, j'ai eu le sentiment de le connaître pour la première fois, comme dit le poète anglais. Il était temps. J'aurais fini par croire que les vivants ont sur le passé des droits que n'ont pas les survivants.

Cette histoire me poursuit encore. Elle hante mes jours et même mes nuits, moins toutefois depuis que je l'ai dévoilée. Madame Armand ne me quitte pas. J'aurais tant voulu qu'elle m'aide à tuer la guerre en moi. Puisque j'ai fait partie de sa mort, elle fait désormais partie de ma vie.

Composition Bussière
et impression Bussière Camedan Imprimeries
à Saint-Amand (Cher), le 2 octobre 1998.
Dépôt légal : octobre 1998.
1ᵉʳ dépôt légal dans la collection : juillet 1998.
Numéro d'imprimeur : 984689/4.
ISBN 2-07-075278-X./Imprimé en France.